抱きついている指先まで痺れるほどの快美な刺激に、
フィオラは深い絶頂の波が押し寄せてくるのを感じた。
Illustration©Ryuu Sugahara

Tiara Label

ティアラ文庫

薔薇の淫愛

姫君は総統閣下に奪われて

沢城利穂

presented by Riho Sawaki

プランタン出版

イラスト／すがはらりゅう

目次

※本作品の内容はすべてフィクションです。

序章　薔薇園の誓い

咲き乱れる薔薇《ばら》の花の香りを楽しみながら、フィオラは青い薔薇を摘んでいた。

海の如《ごと》く青い薔薇は、ここランディーヌ王国にしか咲かない。

どうしてランディーヌ王国だけにしか咲かないのかはわかっていないものの、一説によれば、ランディーヌ王国が世界でも有数の肥沃《ひよく》な大地と豊富な水を有しているおかげだと伝えられており、どの国もこの青い薔薇を欲しがっている。

それほどまでに珍重されている薔薇ではあったが、国王の正統な血を引く王女フィオラにとっては、見慣れた花だった。

というのも、青い薔薇はフィオラの紋章であり、王宮内にあるフィオラの宮殿の庭園は青い薔薇が常に咲き乱れていて、蕩《とろ》けるように馨《かぐわ》しい香りを放っているのだ。

しかしいくら見慣れているといっても青い薔薇の美しさは格別で、フィオラの表情も自然と柔らかなものになる。

青い薔薇と同じ色の瞳を細めるだけで、国王も家臣も側付きの女官達もつられるように微笑《ほほえ》んでくれるのが、フィオラにとってはとても幸せな事だった。

女王である母は二年前に他界してしまい、父王の悲しみが深い事もあり、フィオラが微笑みを絶やさないようにしているのが常であったが――。

「痛っ……!?」

背後からハニーブロンドの長い髪を引っぱられて、軽い痛みと驚きに慌《あわ》てて振り返る。

見ればそこには、フィオラより頭ふたつ分は長身の、愛おしい存在が立っていた。

「セインお兄様っ！」

「こら、抱きつくなよ？　薔薇の棘《とげ》が服に引っかかるからな。それにオレはフィオラのお兄様じゃないって、何度言えばわかる」

「だって、セインお兄様はセインお兄様なんだもの」

距離を取りながら髪をくしゃくしゃに撫でられて、フィオラは口唇を尖らせながら目の前に立つセインを見上げ、目許《めもと》を僅《わず》かに染めた。

フィオラより八歳年上で、もう成人している二十歳のセインは、大陸の玄関口でもある海が美しい海運業が盛んな隣国ヴァラディアの王子だ。

互いの国の関係は昔から良好で、フィオラにとってセインは物心ついた時から兄のような存在だった。

いや、正確に言えばフィオラにとってセインは、恋心を抱く初恋の人だ。

精悍《せいかん》な顔立ちをしていて、銀髪のひと房《ふさ》だけを青く染めたセインは、長い髪を無造作に結い、剣を携えた姿は他の誰よりも美しく、フィオラにはとても好ましく映っている。

性格は少々軽いのが難で、十二歳のフィオラはいつものらりくらりとはぐらかされてしまうが、ランディーヌ王国へ来る時は必ず、フィオラの住む宮殿へ遊びに来てくれるのがなにより嬉しかった。

なぜなら、セインも少なからずフィオラを気に入っているという証拠に思えて。

「最近よくいらしているけれど、父王様といったいなんのお話をしているの？」

「大人の話に首を突っ込むな」

苦笑を浮かべながらも髪をくしゃくしゃに撫でられて、まさかの予感にフィオラは胸をときめかせた。

「もしかして私をセインお兄様のお嫁さんにしてくれる話!?」

「オレがいつフィオラを嫁に迎えると言ったっていうんだ？」

驚いたようにアメジストの瞳を見開かれて、フィオラはがっかりした気分になった。

それでもめげずに青い薔薇を抱きしめたまま、セインにそっと寄り添う。

「……言われた事はないけれど、私をお嫁さんにしてくれないの？　誰か他に好きなご婦人がいるの？」

不安な面持ちで見上げると、セインは思わせぶりな顔をしてニヤリと笑い、陽を弾く銀髪を掻き上げる。

「さぁ、どう思う？　オレも年頃だしなぁ……女の一人や二人いてもおかしくないだろ」

「もう、セインお兄様の意地悪っ！　浮気者っ!!」

青い薔薇を投げつけて怒ると、セインはひらりと避《よ》けながら、呆《あき》れた表情を浮かべる。

「浮気者って……こら。ランディーヌ王国のお姫様がどこでそんな言葉を覚えたんだ？」

「女官がおしゃべりしていた時に知った言葉よ。こういう時に使うものではないの？」

「んー……違うな。フィオラはいずれランディーヌ王国を背負って立たなきゃいけない女王になる身だし、オレもヴァラディア王国を守る国王にならなければいけないからな」

という事は、お互いに違う国の王子や王女、もしくは貴族の誰かと結婚するという事。

別の王子や貴族と結婚するのを想像するだけでゾッとするし、セインが美しい王女や婦人と結婚して寄り添う姿を想像すれば、嫉妬《しっと》を覚えてしまう。

「いやよ。いや。だったらセインお兄様と結婚して、国をひとつにすればいいんだわ」

「簡単に言ってくれるなぁ。ふたつの国が統合するとなったら、すごい労力が必要なんだぞ？　国民を巻き込む大騒動だ」

「けれど、私はセインお兄様じゃなきゃ誰のお嫁さんにもなりたくないわ。セインお兄様はそうは思ってくれないの？」

瞳を僅かに潤ませると、セインは苦笑を浮かべながら貴重な薔薇を一本拾い上げ、棘をすべて取り去って、フィオラの髪へ飾り付けた。そして頬をそっと包み込み、指先が愛おしそうに撫でてくる。

「セインお兄様……？」

指先から伝わってくる温もりに荒立った気分が少しだけ収まったが、大きな手にフィオラが手を添えようとすると、セインは手をするりと外してしまった。

「年嵩《としかさ》のオレなんかより、同い年のカイザーと結婚すればいいじゃないか」

「いやよ。なんで私がカイザーなんかと結婚しなくちゃいけないの!?」

カイザーは宰相《さいしょう》の息子で、フィオラの遊び相手にと宰相が引き合わせたのだが、大人のセインに比べたら自分勝手で我《わ》が儘《まま》で、フィオラにとって面倒な相手だった。

しかし向こうはフィオラを気に入っているらしく、毎回、菓子や玩具をプレゼントしてくるのだが、そんな物よりもセインとこうやって束《つか》の間話せるほうが、何十倍も嬉しいのに、どうしてわかってくれないのだろう?

「セインお兄様は私がカイザーと結婚してもいいの?」

「さぁ、どう思う?」

笑いながら逆に問いかけられて、幼いフィオラはどう返事をしたものか悩んでしまった。

けれどもまただ。今日もまたはぐらかされてしまった事にがっかりしながらも、今日こそはっきりとした言葉が欲しくて、フィオラはセインの首に抱きついた。

「こら。やんちゃが過ぎるぞ、お姫様」

「なんと言われてもいいわ。セインお兄様がその気にならないと言うのなら……」

「言うのなら?」

軽く抱き留められ、目と鼻の先でアメジストの瞳が眇《すが》められるのを見て、胸がドキドキと高鳴った。

頬も一気に赤くなったが、フィオラは意を決してセインの薄い口唇へ自分のそれをそっと触れさせた。

ほんの一瞬で顔を逸《そ》らされてしまったが、いつもの頬へのキスではなく、口唇を奪った事にフィオラはにっこり微笑んだ。

「うふふ、私の純潔を捧げたんですもの。もうセインお兄様は私をお嫁さんにしないといけないのよ」

「ばっかか。なにが純潔だ。自分から迫るなんて、悪いお姫様だな」

おでこを指先で押されて叱られてしまったが、口唇を奪えた事にフィオラは満足してにこにこと笑った。

「ファーストキスだったのよ。セインお兄様は私と結婚しなきゃいけないんだから」

「……って言われてもなぁ。無理やり奪われたのはオレのほうだし。それに現実をしっかり理解してないお姫様の我が儘に応えられるかっていうとなぁ」

またはぐらかされそうな事以上に、現実を理解していない我が儘なお姫様だと思われている事に、フィオラはグッと詰まった。

焦がれる気持ちを伝えたかっただけなのに、現実を理解してないと言われるのは心外だ。

「わかっているわ。敵国のフィランダ王国がこのランディーヌ王国とセインお兄様の国を狙っている事くらい。けれどどちらの国の軍も優秀だもの。攻め入る隙《すき》なんてないわ」

「だといいんだけどな。その余裕が命取りになる日が来るかもしれない」

「……セインお兄様？」

珍しく疲れたようにため息をつくセインを不思議そうに凝視《みつ》めていたが、フィオラの視線に気づいたセインはすぐにいつもの余裕な表情を取り戻して、抱きついていたフィオラを地面へそっと下ろした。

「そろそろ国へ帰らないと夜になるな。じゃあ元気でな、オレの小さなお姫様」

「ええ、さようなら、セインお兄様。愛しているわ」

頰に挨拶のキスを受けてフィオラが微笑むと、セインはフィオラをジッと凝視める。

それを不思議に思いながらも笑顔で見上げると、セインはふと微笑んだ。

そうして気を取り直したように、セインはいつものように髪をくしゃりと撫でて、庭園から去って行った。

別段なにも変わらない、いつもと同じ別れだった。

だからフィオラも笑顔で見送ったのだが――。

それからひと月も経たないある日、満月が恐いくらい赤く染まる夜の事だった。

敵国フィランダが、両隣にある東の大陸の王国と三国同盟を結び、セインの父が治めるヴァラディア王国をたった一夜にして滅ぼした。

国王は斬首され、一時は国を支配下にされそうになったが、ランディーヌ王国の支援軍が追いつき、敵国フィランダ率いる三国同盟軍と、血で血を洗う大戦へと発展し、見事、フィランダ率いる三国同盟軍を西の大陸から追い出す事に成功した。

ヴァラディア王国の国王は斬首されてしまったが、幸いにしてセインの命だけは助ける事ができ、急いでランディーヌ王国へと搬送《はんそう》したのだが――。

　セインの受けた傷は精神的にも身体的にも相当なものだった。

　一時は命も危ぶまれるほどの傷を負い、すぐには現場復帰する事は難しく、ヴァラディア王国はもはや立ち直る力をなくし、ヴァラディア王国は事実上滅亡して、代わりに西の大国であるランディーヌ王国が統治する事となった。

　それは敵国フィランダが再び攻め入ってくるのに応戦する為、致し方ない事だったが、国を失ったセインの怒りと悲しみは大きく、意識を取り戻した途端に荒れに荒れ、小さなフィオラが慰《なぐさ》めようと近づく事すらできなかった。

　近づきたくとも近寄らせないオーラを放ち、まるで人変わりしたように慟哭《どうこく》するセインを見て、フィオラの胸も痛んだ。

　のちにヴァラディア王国をたった一夜で滅ぼした戦乱は『赤い月夜の乱』と呼ばれるようになり、ヴァラディア王国は偲《しの》ばれるようになった。

　しかしフィオラにとって『赤い月夜の乱』は、大好きなセインを変えてしまった忌《い》まわしき戦乱の名として心に刻まれた。

　そしてこれが戦争の惨《むご》さだという事を、初めて知ったフィオラだった。

第一章　華麗なる王宮の花

青い薔薇の花を摘み、その馨しい香りを胸いっぱいに吸い込んで、フィオラが微笑んでいると、女官達の華やかな声が聞こえてきた。

普段は慎《つつ》ましやかな彼女らがはしゃいでいるのが珍しくて、フィオラが声のした外廊下《ろうか》へ近づいていくと――。

「どうかしたの？」

「し、失礼いたしました。フィオラ様」

女官達は慌てて居《い》ずまいを正し、けれどまだ頬を染めてそわそわと落ち着きがない。

フィオラに一礼しながらも、宮殿の外廊下の窓から見える王宮の中庭を気にしている。

「別にいいのよ。それよりなにかおもしろい事があって？」

「ええ、実は今から国王の近衛隊《このえたい》による訓練が始まるんですの！」

「皆様、見目麗《うるわ》しくてつい……」

「そうだったの」

女官達が騒いでいる理由にようやく合点がいって、フィオラはふんわりと微笑んだ。

特にそれといって揃《そろ》えた訳ではなかったが、父王の近衛隊は皆、見目麗しく屈強な兵士達が集まり、女官達だけでなく国の女性達の間でも人気があった。

青い薔薇と同じ色の軍服に身を包み、ストイックなまでに国王への忠誠を誓《ちか》い、身を挺《てい》して守っている彼らを、人々はいつしか『青の大天使』と呼ぶようになった。

そして王宮仕えの特権で、滅多に見られない近衛隊の訓練を間近で見られるとあって、女官達もはしゃいでいるのだ。

「あぁ、ローレンス様の美しいこと……」

「流れるような金髪が美しいわよね。けれど、カイユ様もミケーレ様も負けていないわ」

「あら。それを言うなら、誰より格好いいのはセイン様だわ」

セインの名が出た途端、女官達の会話をにこにこと笑って聞いていたフィオラは、抱いていた青い薔薇達を強く抱きしめた。

「失礼いたしました、フィオラ様。この者は先月、王宮仕えを始めたばかりで……」

「申し訳ございません。あとでよく言って聞かせますから」

「いいのよ。だってセインお兄様は誰よりも格好いいもの。あなたが感じたとおりだわ。名前を訊《き》いてもいいかしら?」

確かに見覚えのない顔だった事もあり、首を傾げて答えを待っていると、フィオラとそう変わらない年齢の女官は、元気いっぱいににっこりと微笑んだ。

「コレットと申します。どうぞよろしくお願いいたします、フィオラ様」

「ええ、よろしくね。コレットはセインお兄様が好きなの?」

「はい! お近づきにはなれませんが、とても凜々《りり》しくて素敵な方です!」

頬を紅潮させてセインを語るコレットを微笑んで凝視めていたが、なんの躊躇《ためら》いもなくセインに好意を寄せる事ができるコレットが羨《うらや》ましかった。

もしもコレットのように振る舞えたのなら、どんなにいいだろう。

セインもつられて、笑みを浮かべてくれるかもしれない。

そんな事を妄想してみたが、いくらフィオラが昔のように懐《なつ》こうとしても、セインならば冷たくはね除《の》ける事だろう。

「フィオラ様? お顔の色が悪いですわ」

「どこか具合が悪いのでしょうか?」

一緒にいた女官達に心配されてしまい、フィオラは慌てて笑みを浮かべた。

「いいえ、そんな事ないわよ。あぁ、ほら。それより近衛隊の訓練が始まったわ」

話を逸らすつもりもあったが、実際に近衛隊の訓練が始まった事もあり、窓の外を振り返ると、女官達も外廊下の窓に張りつくようにして見学し始めた。

(あぁ、セインお兄様……)

女官達と一緒になってセインを凝視め、フィオラは大きく張り出した胸を熱く焦がせた。

敵国フィランダ率いる三国同盟軍が仕掛けた『赤い月夜の乱』で、たった一夜にして国を滅ぼされたセインの国、ヴァラディア王国が滅んでもう七年が経つ。

幼かったフィオラも十九歳という年頃になり、長いハニーブロンドの髪と青い薔薇の瞳を持つ美しい王女として、国民にさらに愛されるようになったのだが——。

誰よりも愛してほしいセインは、フィオラの事などちっとも構ってくれなくなり、命を救ってくれた父王に忠誠を誓い、フィオラへは行事や国賓《こくひん》が訪れる時くらいしか、滅多な事では近寄らなくなった。

国が滅びた頃は、まるで世捨て人のように、部屋へ閉じこもっていたのが嘘のようだ。

ある日を境に人が変わったように、セインは父王への感謝を込めて忠誠を誓ったのだ。

ようやく立ち直ったのだとフィオラが声をかけようとしたが、セインはその日からフィオラを避けるようになった。

あからさまに拒絶されているのがわかり、最初はずいぶん落ち込んだ。

けれどその程度でセインへの恋心が消える訳もなく、控《ひか》えめな距離を取りつつ、今日と同じように遠くからセインを熱く凝視めているのだが――。

剣の稽古《けいこ》をするようで、四人で形成されている近衛隊は、皆、思い思いの剣を持ち、剣の切れ味を確かめるように振るっていた。

最初は軽く剣を合わせていたが、そのうちに本格的な試合となり、カイユとミケーレ、セインとローレンスが剣を交え始める。

真剣勝負という事もあるが、どちらも息をのむほど白熱した試合で、気がつけば中庭を取り囲むようにして、他の人々も足を止めて試合に見入っていた。

（あぁ、なんて素敵な……）

中庭に響く剣が交わる音は不穏《ふおん》だったが、振るっている彼らが美しいせいか、まるで流れるような演舞を見ているような気分になる。

特に剣を得意とする近衛隊長のセインの剣技は格段に美しく、フィオラもうっとりと凝視めていると、対戦相手のローレンスが勝負を仕掛けてきた。

しかしセインはそれをひらりとかわし、ローレンスの手首を狙って峰打《みねう》ちをすると、剣を叩き落とす事で勝負に勝った。

ほぼ同時にカイユとミケーレのほうも勝負がつき、その途端、中庭を見学していた人々から歓声が沸《わ》き起こる。

しかし四人は特に気にしたふうもなく、お互いの弱点を補うように剣の稽古をつけていたのだが――。

(あ……)

ローレンスがこちらに気がつき、セインに合図を送った。

しかしセインはちらりと視線を向けただけで、また稽古に没頭し始めてしまった。

今確かに目が一瞬だけ合った気がして、フィオラの胸がドキドキと高鳴る。

目が合っただけでこんなにも動揺してしまう自分に呆れてしまうが、あのアメジストの瞳に一瞬でも凝視められた事があまりにも嬉しくて、泣いてしまいそうになった。

「フィオラ様？　まだ訓練は続いてますわよ？」

「わ、私はもういいわ。みんなもほどほどにね」

赤くなった頬を隠すようにして、フィオラはその場を立ち去り、自室へと急いだ。

背中で扉を閉めたところでようやくホッとして、自室のバスルームへ花瓶《かびん》を取りに行こうとしたが、書き物机の椅子が不意にこちらを向いて――。

「やぁ、美しいフィオラ王女。息せき切って部屋へ戻ってくるなんて、そんなに僕に会いたかったのかい？」

「カイザー!?　どうやってここに？」

まったく気配に気づけなかった事にも驚いたが、自国の男爵《だんしゃく》で、父が宰相を務めている同い年で幼馴染みのカイザーが、事もあろうに男子禁制のフィオラの自室へ勝手に入り込んでいる事に驚いた。

あまりにも驚きすぎて、薔薇を抱きしめたまま動けずにいると、カイザーは青い薔薇を取り上げてフィオラを抱きしめた。

「久しぶりだね、会いたかった」

「や、めて。勝手に人の部屋に入り込むなんて失礼だわ。どうやって入り込んだの？」

「入り込んだ、なんて人聞きが悪いな。幼馴染みなんだ、衛兵も気心が知れているし、僕ならば安心だと通してくれたんだよ」

挨拶のハグを振り解いて身体を離すと、カイザーは肩を竦《すく》めて嘯《うそぶ》く。

衛兵が通したと言っているが、きっと宰相の息子だという地位を振り翳《かざ》して無理やり入り込んだのだろう。

しかも客間ではなくフィオラの自室で待っているなんて、礼儀知らずにもほどがある。

それでも厚顔無恥《こうがんむち》なカイザーは、フィオラの批難めいた目つきにも動じる事はなかった。

だいたいにして、このカイザーという男にはフィオラは良い印象を持っていない。

セインには劣《おと》るが金髪碧眼《きんぱつへきがん》の美しい容姿をしているものの、中身は腐《くさ》りきっているから。

宰相の息子という特権を最大限に利用して、放蕩《ほうとう》の限りを尽くしているのだ。

実際に街の人々からの評判も悪く、酒場や娼館《しょうかん》から朝帰りも当たり前、という始末で。

これにはさすがの宰相も手を焼いているようで、しかし一人息子でもあるカイザーを自らの後釜《あとがま》に据えようとしているらしく、息子の尻ぬぐいをしているようだった。

「そんなに凝視められたら、蕩けてしまいそうだよ」

「凝視めてなんかいないわ。睨《にら》んでるのよ。いいからすぐさま私の部屋から出て行って。用があるなら客間で待っていて」

「この僕を客間で一人きりにするつもりかい？　それより僕のプロポーズを受ける話は考えてもらえたかな？」

フィオラから奪った青い薔薇を一本差し出しながら訊いてくるカイザーに、フィオラはあからさまに眉根を寄せた。

以前からアプローチはされていたものの、プロポーズを受けるつもりなど微塵《みじん》もない。

セインを愛しているという以上に、カイザーのような男と結婚したら、国の財政があっという間に傾いてしまうに違いないから。

「その話なら何度も断っているでしょ。用がそれだけならもう帰って」

そっぽを向いてこれ以上は相手にしないと態度で示すと、カイザーは睨んでくる。

一瞬だけ怯《おび》えてしまったが、それを悟られまいと気のない素振りをするフィオラに、カイザーは表情を一変させて笑みを浮かべる。

「そうやって僕に冷たくしていると、そのうちに痛い目に遭《あ》うよ」

「脅すつもり？　そんな脅迫なんか恐くないわ」

「ふ、ん。いつかその青い薔薇の瞳が曇《くも》らない事を願うよ。それじゃ、また来るから」

カイザーは青い薔薇を押しつけると、そのままフィオラの自室から出て行った。

その事にホッとしたものの、カイザーがなにかを企んでいるようで、その事には一抹《いちまつ》の不安を隠せない。

「痛い目に遭うって……なにをするつもりかしら？」

考えてはみたものの、けっきょくなにをされるのかわからず終《じま》いで、フィオラは気分を切り替えるように、バスルームから花瓶を持ち出し、青い薔薇を活けた。

今日はセインに会えた特別な日だ。会えたといっても目が合っただけだが、一瞬でも目が合っただけでも貴重な一日だ。

（セインお兄様……）

感情らしい感情は浮かんでいなかったものの、あのアメジストの瞳に凝視められたかと思うだけで、心が浮き立つ。

今度はいつ会えるかわからないから余計に嬉しくて。

カイザーのおかげでせっかくの良い一日が台無しになりそうになったが、セインを想えばカイザーの面影《おもかげ》などたちどころに消えてしまう。

それほどまでにフィオラはセインを愛している。

幼い頃よりも愛はずっと深くなり、セインの事を考えるだけで幸せになれた。

王女とはいえ父王と謁見《えっけん》する事は滅多にないので、セインと会う事も少ないが、たまに目にするだけでいい。

それだけでも幸せな気分にさせてもらえるから。

それほどまでにフィオラにとってセインは特別な男性であり、今でも心から尊敬できる人物だった。

（先ほどのセインお兄様……この薔薇のように凜《りん》として、とても勇ましいお姿だったわ）

青い薔薇を活けながら、フィオラは柔らかな花弁へそっとくちづけた。

それはまるで、昔よくセインが頬にキスをしてくれた時のような感触だった。

◇◇◇

その日、ランディーヌ王国の王宮は華やかな雰囲気に包まれていた。

それというのも、半年に一度開かれる舞踏会《ぶとうかい》が開催されるからだった。

フィオラも舞踏会へ参加するべく、午前中から支度に余念がない。

舞踏会では国の貴族達が息子や娘を伴って一堂に集まり、皆それぞれ最高に着飾り、国王とフィオラの前でダンスを献上するのだ。

とはいってもそれは表向きの方便で、舞踏会はフィオラの花婿候補を選ぶ目的で開催されている。

おかげでフィオラは大勢の貴族の子息にダンスを申し込まれ、愛を囁《ささや》かれるという、とても面倒な儀式だったが、フィオラにとって舞踏会は、父王を守る為、常に傍《かたわ》らにいるセインを間近で見られる絶好の機会だった。

だからフィオラも貴婦人達に負けないよう、精一杯着飾ってこの日を迎えた。

窮屈《きゅうくつ》なコルセットで腰を最大限に絞《しぼ》り上げ、セインにより美しく見えるようほんのり化粧を施す。

そして仕立屋が一から作り上げたゴージャスなドレスに身を包み、女王譲《ゆず》りのハニーブロンドを結い上げ、髪へ青い薔薇を飾り、同じ色のサファイアの宝石を身に着ける。

「誰よりも美しいですわ、フィオラ様。今日こそは意中の男性を射止められますわよ」

「そうだといいのだけれど……意中の男性がこちらを見てくれなくては意味がないわ」

窮屈なコルセットのおかげで、ついため息が洩《も》れてしまう。

意中の男性であるセインが心を少しでも動かしてくれればいいのだが、いくら着飾って熱い視線を送っても、セインは動じずに、父王への警備に余念がないのだった。

それをわかっていながら毎回セインの為に着飾っているのだが、セインは他の男性とダンスを踊るフィオラをどう思っているのだろう？

少しはやきもちを焼いてくれたら嬉しいのだが――。

「フィオラ様、そろそろ舞踏の間へ移動するお時間ですわ。お支度は調《ととの》ってまして？」

「ええ、コレット。たった今終わったところよ」

「相変わらずお美しいですわ。内側から光り輝いているようです」

時間を報せに来た新人の女官コレットが、ほう、と息をつくのに、フィオラは柔らかく微笑みながらも心の中で苦い物を噛《か》み潰《つぶ》す。

どんなに輝いて見えようが、セインが心を動かさなければ意味はない。

今回もまた知らぬ振りをされるのをわかっていながらも着飾る自分が、少し滑稽《こっけい》に思えてしまう。

それでも今日は、セインの間近に堂々と近寄れる日とあって、長年フィオラの側付きの女官長をしているアニーナと、新人のコレットに手伝われながら廊下を静々《しずしず》と歩き、王宮にある舞踏の間へと向かった。

扉の中は大勢の貴族が溢《あふ》れているのだろう。ざわざわとした気配や声が聞こえてくる。

今日もまた貴族の子息とダンスを踊るのかと思うとうんざりしてしまうが、セインの為だけに着飾った姿を、セインに少しでも見てもらいたかった。

そしてフィオラが到着した事を告げると、軍楽隊がファンファーレを鳴り響かせる。

それに呼応して扉が開き、玉座までの青い絨毯《じゅうたん》の周りで、貴族達がフィオラを見て感嘆《かんたん》の息を洩らす。

最初の舞踏会では怖じ気づいてしまったが、フィオラもすっかり慣れたもので、アニーナとコレットを従えて貴族達の好奇な視線を無視して、父王が待つ玉座へと歩いて行く。

そして玉座の前で一礼をして、父王にふんわりと微笑んだ。

「父王様、ごきげんよう。今宵も舞踏会を開催してくださって、どうもありがとう」

「おぉ、おぉ。麗しくも美しい我がフィオラよ。どんどんレイラに似てきたな」

「お母様に似てきたなんて嬉しいわ。久しぶりですけれど、お元気でいらして？」

「元気ではあるが、我も年を取った。フィオラには一刻も早く成婚してもらい、生まれる我が孫を見せてもらいたいものだ」

「気が早いわ、父王様。お隣に座ってもよろしくて？」

父王の許可をもらい座る瞬間、傍らに佇むセインをフィオラは熱く熱く凝視めた。

間近で見るセインは、以前よりも男ぶりが上がっていた。

一分の隙もないほど整った顔をして警備に当たっている姿はストイックそのもので、その表情に胸が焦がれる。

昔のように優しく笑いかけてくれたらどんなに嬉しいだろう、と思いながらも凝視めていたが、セインはどこを見ているのか——合わせようと思っても、視線が絡《から》む事はなく、がっかりしながらも席に着いた。

（今日もだめだったわ……）

セインの為に朝から着飾っていたというのに、たった一瞬で逢瀬《おうせ》は終わってしまい、貴族達がダンスを踊る姿をぼんやり凝視めた。

そしてしばらく凝視めているうちに、年頃の貴族の子息がフィオラをチラチラと意識し始めたのを肌で感じ、今度はフィオラが誰とも視線が合わないよう、細心の注意を払っていたのだが――。

そんな中でも今回も一番に近寄って来たのは、宰相の息子のカイザーだった。

「お目汚し失礼いたします。私、宰相はドリトミーの息子にして男爵家のカイザーと申します。フィオラ王女様とは幼き頃からの友人であり、誰よりもフィオラ王女様を愛しております故、お見知りおき戴いておりますと、この上なき幸せです」

「おぉ、ドリトミー宰相の息子よ。もちろんそなたの事はよく見知っておる」

「ありがたき幸せ。これは国王へ私からの献上品です」

言いながらカイザーが差し出した箱を開けた国王の手には、彫刻が施された銀のゴブレットがシャンデリアの明かりを弾いて光っていた。

「これはなんと見事な細工のゴブレットか」

「気に入って戴けましたでしょうか？　その代わりとは申しませんが、今宵《こよい》もフィオラ王女様と一番に踊る権利を戴けますでしょうか？」

カイザーは玉座の前で跪《ひざまず》くと、国王に一見マトモそうな挨拶を並べ立てる。

先日、フィオラを脅迫《きょうはく》しておきながら、よく言えるものだと呆れてしまうが、父王は幼い頃からの遊び相手だったカイザーの実態を知ってか知らずか、表向きは礼儀正しいカイザーの口上に気を良くしていた。

「あぁ言っておる。まずは一曲、踊る姿を見せてはくれぬか？」

「……わかりましたわ、父王様。父王様の為に踊ります」

カイザーと踊るなんてごめんだが、父王たっての願いとあって、仕方なく席を立ち、エスコートするカイザーの手を取った。

途端に腰へ手を置かれてゾッとしてしまったが、大勢の前で振り払う事もできず、輪舞《りんぶ》の中へ入りカイザーと踊り始める。

カイザーは国王から一番に許しを得た優越感に鼻高々で、フィオラを抱き寄せてダンスを踊りながら凝視めてくるが、カイザーの視線は、ただでさえ大きいのにコルセットでさらに盛り上がるミルク色の乳房へと注がれていた。

「今日は特に美しいね。このまま食べてしまいたいくらいだよ」

「私は食べ物じゃないわ。変な事を言わないで」

今にも舌舐《したな》めずりしそうな声で囁かれて、フィオラは嫌悪感を剝《む》き出しにしてカイザーを突き離そうとしたが、逆に顔を首筋に埋められてしまった。

「そういう意味じゃない事もわからないとは、ますますこの手で染めたくなるね」

腰に置かれた指先が、まるでピアノをつま弾くように、軽いタッチで括《くび》れた腰をつつく。

それがなんだか腰の奥にむずむずと響いてくすぐったかったが、睨む事でフィオラはカイザーを威嚇《いかく》する。

「い、いい加減にしないと怒るわよっ」

「お姫様の官能に触れたかな？　このまま二人でこっそり抜け出すっていうのは？」

「どこへ抜け出すっていうのよ」

「それはもちろん、フィオラのベッドへさ。今度は別のダンスを一緒に踊るのはどう？」

その時になって、閨《ねや》へ誘われている事にようやく気づいたフィオラは、顔を真っ赤に熟《う》れさせながらカイザーを突き放した。

「なんて失礼なの。今夜はもう私に近づかないで」

一国の王女に対して、手慣れた様子で閨へ誘うカイザーにはほとほと呆れてダンスを打ち切ると、それを待っていた他の子息達が手を差し伸べてくる。

国王が花婿探しの為に開催している舞踏会という事もあり、無下には断れず、適当な子息の手を取って、またダンスの輪へ入り輪舞をしていたが、相手を次々と替えてダンスを踊っていても、あいにくと先ほどのカイザーのおかげで気分は最悪で、踊り相手との会話は気もそぞろになってしまった。

まさかこんなに大勢いる社交の場で閨へ誘われるとは思わなかったし、結婚するまで純潔を保たなければいけない一国の王女が、一夜限りの秘め事をするなんて以《もっ》ての外だし、それになにより――。

(純潔を捧げるならセインお兄様じゃなきゃいや)

踊りながらも玉座の方向へ視線を向けると、セインと目が合った――気がした。

眇められたアメジストの瞳が、男性を次々と替えて踊るフィオラを凝視めているように感じるのは気のせいだろうか?

それを確かめたくて、玉座をもっとよく凝視めようとしたが、人々の波にのまれてあまりよく見えず、仕方なく踊り疲れた振りをして玉座へ戻ろうとしたのだが――。

「キャ――――!」

その時、フィオラ女官長アニーナの悲鳴が聞こえ、フィオラが何事かと慌てて玉座へ近づくと、そこには玉座から頽《くずお》れる父王の姿があって――。

「きゃあっ! 父王様っ!?」

体裁《ていさい》など気にせずにフィオラは慌てて父王に駆け寄ると、その身体を抱き上げた。

よく見れば父王の傍らには先ほどカイザーに献上された銀のゴブレットが転がり落ち、中に入っていただろう赤ワインが、まるで血のように青い絨毯に広がっていた。

「父王様っ、しっかりなさって!」

「落ち着いてくださいませ、フィオラ様。今、コレットに宮廷医を呼びに行かせました」

「あぁ、けれど……父王様、父王様っ！　お願い、目を開けてっ！」

必死に呼びかけてみるが父王からの返事はなく、いよいよ焦《あせ》り始めた時、青の大天使と称される近衛隊が、なんとカイザーを拘束した。

そしてセインが真正面から、青褪《あおざ》めてガクガクと震えるカイザーへ剣を向ける。

「ぼ、僕じゃない！　僕のせいじゃないっ！　ただフィランダの宰相から国王へとプレゼントされたゴブレットを預かっただけなんだ！」

「敵国フィランダの宰相と通じているだけで、充分に犯罪だ。それに自らの献上品だと言った。ゴブレットに毒を塗り込まれていたのだろう。国王暗殺容疑の罪で拘束《こうそく》する」

久しぶりに聞くセインの言葉にフィオラはますます青褪めた。

前から愚《おろ》かだとは思っていたが、東の大陸でも一番の勢力を持つフィランダ王国の宰相と通じていたなんて。

しかしそれよりも、父王が苦しそうに身体を痙攣《けいれん》させ始めたのを見て、フィオラの身体にも震えが走る。

「あぁ、父王様、もうすぐ宮廷医が参りますっ！　アニーナ、コレットはまだ!?」

「落ち着いてくださいませ、フィオラ様。もう間もなく参ります」

アニーナに諫《いさ》められたが、抱きしめている父王の容体がどんどん悪くなるようで、少しも落ち着いてなどいられなかった。

どうして青の大天使はカイザーが献上したゴブレットを疑わずに、父王にワインを飲ませてしまったのだろう。

いや、その前に自分が、カイザーに脅された事を、青の大天使へ事前に報告するべきだったのか——。

わからない。わからないが、今となってはすべてが遅すぎた。

自国の国王をこんなに大勢の前で暗殺しようとするなんて、カイザーの浅はかさに目眩《めまい》を起こしそうだ。

実際に父王の身体が冷たくなっていくのを抱き留めた身体で感じ、フィオラの身体からも血の気がスッと退いていった。

「まぁ、待たれ。愚息《ぐそく》といえども宰相である私が采配《さいはい》する故に」

「問答無用。宰相の子息といえども犯罪は犯罪。カイユ、ローレンス。そのまま引っ立てろ。ミケーレは国王を……」

「きゃあ、フィオラ様!? お気を確かに！　あぁ、誰かフィオラ様も宮廷医の許《もと》へ！」

こんな時こそしっかりしなければと思うのに、父王の身体から体温がみるみるうちになくなっていくのに合わせ、フィオラの意識もそこで途絶えてしまった。

◇◇◇

青い薔薇を摘みながら、フィオラはため息をつき、そんな自分に気がついて、またため息をついた。

それも父王が倒れたあの悪夢のような舞踏会から、城内は殺伐《さつばつ》とした雰囲気に包まれているからだった。

ドリトミー宰相派の現政府の重鎮《じゅうちん》たちと、青の大天使率いる国王擁護派《ようごは》の軍隊が、毎日のように静かな戦いを繰り広げているせいで、穏やかだった暮らしは一変してしまった。

とはいっても、政府に関与していないフィオラは口を出す事すらできないのだが。

できる事といったら父王の見舞いくらいで、フィオラの日課は父王の寝所へ毎日顔を出す事くらいしかない。

今も父王を慰める為の青い薔薇を摘んでいるところだ。

しかしフィオラの看護の甲斐《かい》なく、父王は日に日に衰弱《すいじゃく》していくばかりで、いつ命の灯《ともし》火《び》が消えるかわからない状態で――。

まさかカイザーが国王暗殺を狙っていたなんて、誰が考えただろう。

確かに脅されはしたが、こんなに大それた事をしでかすとは思ってもみなかった。

当の本人はフィランダの宰相から渡されたゴブレットだったの一点張りで、罪を認めようとしていないらしいが、ドリトミー宰相の息子カイザーが敵国と通じていたせいもあり、国政を預かる宰相派は劣勢《れっせい》を極《きわ》めていた。

舞踏会に参加した貴族達には箝口令《かんこうれい》が敷かれ、国王が倒れた事は敵国に知られぬよう、くれぐれも言い渡されたが、人の口に戸は立てられず、王が倒れた事はもはや国民にも知れ渡っている。

大国であるランディーヌ王国の王が倒れたとあっては、いつ敵国に攻め入られるかわからないとあって、国全体が不穏な空気に包まれているのが現状で。

（……私が父王様の跡を継いだほうがいいのかしら）

もうすぐ成人する事もあるし、少し早いが父王の跡を継いで女王として君臨したら、国民も安心するのではないかとも思ったが、いきなり代替わりをしたら敵国──特にフィランダ王国が敏感《びんかん》に察知して、攻め入ってくるかもしれない。

それになにより自分が立ったとしても、あまりに頼りなさすぎて、国民がより不安になるかもしれない。

青い薔薇のようだと褒《ほ》められてはいたものの、ただそれだけだ。

国政に就《つ》く事になったとしたら、今までなにも知らずに生きてきた王女に、国民は不安を抱くだろう。

だとしたらどうすれば敵国や国民が認める形となるのか――考えてみたが、妙案は思い浮かばず、またため息が洩れたその時。

「フィオラ様っ！　どちらにおいでです！　フィオラ様!!」

女官長アニーナの緊迫《きんぱく》した呼び声に、フィオラの胸に不安がよぎった。

慌てて声がした外廊下へと近づくと、アニーナは真剣な面持ちでフィオラを凝視める。

「どうかしたの？　父王様になにかあって？」

「お話はあとですっ。とにかく国王様の寝所へお急ぎを！」

いやな予感がしたが、ついにこの時が来たかという思いもあり、父王の住む王宮へと足早に駆けつけた。

扉を開いてみれば、父王の寝所には宮廷医と青の大天使、それにドリトミー宰相率いる大臣などが集い、父王のベッドを取り囲んでいた。

「父王様っ！　フィオラです、しっかりなさって！」

競合している一同が全員揃っているのを見て、ただ事ではないと敏感に察知したフィオラは、床に跪き父王の手を取った。

だがその手はもはや氷のように冷たくなっていて、顔色も青褪めて目も落ち窪《くぼ》み、以前の生気溢れる姿と打って変わった姿になり果てていた。

フィオラの声に指先が僅かに反応したが、既《すで》に声を出す事もできないようで、フィオラの大きな青い瞳から涙が溢れる。

「父王様っ！　いや、このままお別れなんていやっ!!　お願い、どうか目を開いて！」

それ以上は言葉にならず、冷たい手に頬擦りをして噎《むせ》び泣いていると、宮廷医がそんなフィオラを横へそっとずらし、父王の手首を取り脈を測った。

そして両の瞳孔《どうこう》の確認をして時計を見る。

「午後二時十七分。皆様ご同席の中、国王は神の許へ召されました」

「父王様……っ……！」

宮廷医の厳《おごそ》かな声に、フィオラは父王に抱きついて泣き、その悲痛な泣き声だけが国王の寝所に響く。

ある程度覚悟はしていたものの、あまりにも唐突な別れだった。

フィオラの子供が見たいと願っていた舞踏会の日までは、日常は穏やかに過ぎていたのに、あの日からすべてが変わってしまった。

もうこの世に血の繋がりのある者は誰もいなくなり、フィオラはたった今、孤独な身となってしまった。

しかし悲しみに打ちひしがれているだけではいられない。

一国の王女として、しっかりしなければと思うのだが、涙があとからあとから溢れてきて、目が溶けてしまいそうだった。

しかし、それでも。敵国が虎視眈々《こしたんたん》とこの国を狙っている今、たった一人でこの窮地をどうやって乗り切ればいいのだろう?

父王の喪《も》に服す暇もない。この国を守る為になにをしなければいけないのだろう——と、涙を拭《ぬぐ》って顔を上げた時だった。

「とうとう逝《い》ってしまわれましたか……さて、今日だけは穏便《おんびん》に、これからのランディーヌ王国について話そうではないか」

形だけ弔《とむら》いの礼をした宰相が、さっそく今後についての話題を切り出した。

「そうですな。国葬《こくそう》の準備もありますし、忙しくなりますな」

「国葬が終わるまでにフィオラ様には、貴族の子息から、将来のランディーヌ王国を担う婿殿を決めてもらわないといけませんしね」

「本来ならばカイザー殿が有力候補だったのですがな」

父王の亡骸《なきがら》を前にして、冗談めかして言う大臣達と、それを受けて苦笑する宰相を、フィオラは呆然と見上げた。

「いやはや、痛いところを突かれた。だが、緊急事態が故、即刻、我が息子カイザーを無罪放免として、フィオラ殿と成婚させようと思う」

「そんな……！」

確かに自分一人では、国民がついて来てくれないのは自覚していた。

しかし父王の亡骸を前にしてさっそく提案してくるという事は、最初からドリトミー宰相は、フィオラとカイザーを政略結婚させるつもりでいたのだろう。

「い、いやです。カイザーとは結婚しませんっ」

国政についてはわからないものの、もしも欲深いカイザーが王となったら、本当に国の財政を食い潰されて、国があっという間に傾いてしまう。

カイザーが王になるならば、自分一人で立ったほうがまだマシだ。

きっとカイザーの放蕩ぶりを知っている国民から不満の火が点いて、国家が滅びる可能性だってある。

それを心配して首を横に振ったが、ドリトミー宰相は困ったようにため息をつく。

「フィオラ様には困りましたたな。国政というものをわかっておられない。我が息子カイザーに任せておけば、万事上手くいきます」

「そうでございますよ、フィオラ様。すべてはドリトミー宰相にお任せしましょう」

まるで子供を諭《さと》すように話しかけてくるドリトミー宰相と大臣達が、なにも政治に関与していないフィオラを、言葉巧《たく》みに丸め込もうとしているのがわかった。

きっと宰相派はこの国を裏で牛耳り、国を食い物にしようとしているのだろうが、そうはさせまいと、ドリトミー宰相を睨み上げた時だった。

「ぐあぁっ……!?」

ふいに断末魔の声と、ザシュッと不穏な剣の金音が聞こえた。

驚きすぎて固まっていると、遅れて頬に生温かい飛沫《しぶき》が飛んできた。

訳がわからずに拭った手を見れば、そこには鮮血が涙と一緒に滲《にじ》んでいる。

顔をゆっくりと上げてみれば、セイン率いる青の大天使が剣を振るい、大臣達をすべて問答無用で絶命させていた。

「なっ……貴様ら、なにをしておる！　これは政府に対する犯罪だ！　誰かおらぬか、誰か！　この者達を……」

「黙れ」

「ぐおぉ……！」

セインはひと言呟《つぶや》いたかと思うと、わめき散らしていた宰相を一撃で絶命させた。

時間にしたらほんの一瞬の出来事だった。

父王の死を確認した途端の、青の大天使によるクーデターだ。

部屋には金臭い血の匂いが漂い、壁や床には鮮血が飛び散り、地獄絵図と化している。

宮廷医とフィオラだけは斬られる事はなかったが、大量の血を浴びる羽目に陥《おちい》り、ただ小刻みに震えて、セイン率いる青の大天使を凝視めていると――。

「今までの大役ご苦労様でした、国王。心から冥福《めいふく》をお祈りいたします……」

セイン率いる青の大天使は床へ跪き、しばらくの間、父王への弔いの祈りを捧げていた。

そしてふいに立ち上がったかと思うと、血塗られた剣を天に掲げた。

「親愛なる国王が天に召された今、青の大天使と呼ばれる我ら四人が、国政の実権を握る事をここへ宣言する！」

「……セインお兄様……？」

剣を伝う血を薙《な》ぎ払ったセインは、剣を鞘《さや》へ収めて感情らしい感情を浮かべずに、フィオラをまっすぐに凝視めた。

「……っ……！」

セインに凝視められる日を夢見ていたが、こんな形で凝視められる事は望んでいない。

そして近衛隊である青の大天使が国政の実権を握るという事は、ランディーヌ王国は事実上、軍事国家となる事を意味する。

軍事国家となれば軍隊が王宮を制圧したも同然だ。

だとしたら王女であるフィオラには、どういう処遇《しょぐう》が待っているのだろう?

元々は国王擁護派からなる軍隊ではあるが、国王へ忠誠を捧げてはいても王女のフィオラへ忠誠を誓っている訳ではない。

最悪、辺境の地へ幽閉されるか、ドリトミー宰相や大臣達のように、父王の亡骸の前で斬られてしまうかもしれない。

そう思っただけで、これから起こるであろうセインの動向に身を固くしていると、跪いたまま動けずにいるフィオラの前へセインがゆっくりと近づいてきて、フィオラの腕を強引に掴み引っ立てた。

「痛……っ!?」

「フィオラ王女……いや、フィオラ。今日からこの国はオレが統治する」

「……セインお兄様が?」

「だがいきなり軍隊が政権を握っても、国民も混乱するだろう。そして今は亡き我が祖国ヴァラディアの元王子が実権を握るとなれば、国民も納得しない」

確かに亡国ヴァラディアの元王子が実権を握るとなったら、不満を覚える国民も出てく

るだろう。

それはフィオラにも理解できる。しかしだからといって、セインは自分になにを語っているのだろう?

要約できずに間近でアメジストの瞳を凝視めていると、フィオラがなにを言われているのかよくわかっていない事に気づいたセインは、口の端でニヤリと笑った。

「国民を納得させる為にもランディーヌ王国の象徴である青い薔薇と称されるおまえは、今からオレのものだ」

「……セインお兄様の、もの……?」

大好きな父王や見慣れた重鎮の屍《しかばね》を前にして、血濡れたフィオラはなにを言われているのかわからず、ただただ目の前のセインを見続けた。

するとセインの後ろに控えているローレンスやカイユ、ミケーレの三人がクスクス笑う。

「いきなり言われてもわからないって顔だ」

「そりゃそうさ。国王の死を受け止める間もなく、いきなりオレのもの宣言されてもな」

「正気を失わなかっただけでもいいじゃないか。今の言葉がどういう意味か、フィオラ王女に早く教えてやれよ」

たった今、人を斬ったとは思えない様子で、まるでいつもと同じように気さくに話す三人へ視線を向けようとしたが、その前にセインに担がれてしまった。

「きゃあっ!?」

「うるさい。おまえ達も早くカイザーに情報を吐かせるだけ吐かせて亡き者にしてこい」

「はいはい、わかりましたよ。セイン……いや、セイン総統」

セインは仲間がおもしろがって早くも総統などと呼んでいる事や、フィオラを担ぎ上げている姿を愉《たの》しげに見ている視線などは無視をして、父王の寝所から出て行く。

「セ、セインお兄様……どこへ？　どこへ行くの？」

「舌を噛みたくなかったら黙っていろ」

有無も言わせぬ態度で言われてしまい、フィオラは口唇を噤《つぐ》み、おとなしく抱かれたままでいると、セインは当然のように謁見の間へと続く廊下へと進んでいった。

そして謁見の間を警護していた衛兵を人払いすると、当然の如く中へ足を踏み入れ、フィオラを抱いたまま当たり前のように玉座へと座する。

「これが国王のご覧になっていた景色か。なかなかいい眺めだ」

「ま、待ってくださいセインお兄様。政権が軍隊へ移行するのは、この身を以て十分承知しました。ですが玉座に座るのは、本来、父王様から引き継いで女王になる私……」

「フッ、わかってないな。オレはこの国ごとものにするつもりだ。その為にはフィオラ、たった今、この玉座に誓って、おまえの昔からの希望どおり結婚してやる」

「結婚……」

言葉を繰り返してみたが、この玉座に座るまでの短い間に色々ありすぎて、長年夢見てきたセインとの結婚という単語が、頭の中で上手く処理できない。

まさかセインから結婚の申し出をしてくるとは思わなかったし、なにより父王が亡くなったばかりだ。

国葬をして喪に服すのが先だと思うし、ドリトミー宰相派を一瞬で亡き者にしたセインの考えがよくわからない。

誰よりも父王を尊敬し、敬《うやま》ってきた筈《はず》なのに、その父王の国葬を後まわしにしてまでフィオラとたった今、結婚すると言うセインは、いったいなにを考えているのか――。

理解できないままセインの膝から下りようとしたが、それを敏感に察知したセインにより、腰をグッと引き寄せられてしまった。

「セインお兄様っ……放して。今は父王様の事で混乱しています。どうか私に考える時間をください」

「そんな暇はない。前国王の事を憂《うれ》う余裕など今すぐなくしてやる」

「きゃっ!?」

言い終わるか終わらないうちに、胸元からドレスを引き裂く不穏な音が、厳粛《げんしゅく》なる謁見の間に響いた。

その途端にドレスの中へ押し込められていた双つの大きな乳房が、躍《おど》るように弾んでまろび出てしまった。

慌てて隠そうとしたが、その前に鷲摑《わしづか》みにされて、柔らかな感触を確かめるように揉みしだかれる。

「い、いやっ……セインお兄様っ……!?」

「ハッ！　これはまた大きく育ったものだ。正式な場で背後から見下ろしていた時よりも大きいじゃないか」

「うぅ……」

ばかにしたように笑いながら下から持ち上げるように揉みしだかれて、あまりの羞恥《しゅうち》に目眩を起こしそうだった。

しかし官能を引き出すような触れ方に、気を失う事もできない。

それならとセインから離れようとしたが、腰にまわった手は力強く、逃げる事は叶わずに、口唇を嚙みしめてセインの肩に縋《すが》った。

いくら温室育ちで世間知らずのフィオラでも、この行為の意味くらいわかる。

セインはこの神聖なる玉座で、フィオラの純潔を奪おうとしているのだ。

しかも柔肌《やわはだ》を、これほどまでに執拗《しつよう》に触れられるとは思ってもみなかった。

それにこういう行為は閨でそっと行われるものだと思っていたのに、実際はこんなにもセインの手指の感触が残り、烈しいものだったなんて。

しかしフィオラが朧気《おぼろげ》に想像していた行為など、あっさりと凌駕《りょうが》する事態が起きた。

外気に触れて尖《とが》り始めたローズピンクの乳首を、セインが指先でつま弾くように触れた瞬間、背筋から腰の奥へ向かって、甘い痺《しび》れが走ったのだ。

「あっ……あぁ、やめて！　あン、セインお兄様、それやめて……」

やめてと乞《こ》うてもセインはニヤリと笑い、乳首を執拗に弄《いじ》る。

するとどういう仕組みなのか乳首が硬く凝《しこ》り、くすぐったさが増した。

「ずいぶんと敏感だな。少し触れただけであっという間に淫《みだ》らに尖らせるとは。あのカイザーにこの大きな乳房を揉ませてやっていたのか？」

「あぁっ……そんな、そんな事は誓ってさせていません……」

首をふるりと横に振って否定したが、セインはまったく信じていないように息をつき、尚も尖りきった乳首を摘まみ、指先で円を描くように触れてくる。

「あ、んん……セインお兄様、くすぐったいわ……」

「それだけではないだろう、淫らなフィオラ。どうしようもなく感じるんじゃないか?」

「あぁ、あん……か、感じる……?」

このジッとしていられないほど官能に触れる感覚を、感じるというのだろうか?

セインの指先で弄られる度に、身体がぴくん、ぴくん、と小さく跳ねてしまうほど敏感に反応してしまうのは、感じているせいなのか。

だとしたらなんて浅ましい身体をしているのだろう。

性的な意味で初めて乳房に触れられたというのに、もう感じるような身体をしているなんて、きっとセインも呆れているに違いない。

「いや……んっ……恥ずかしぃ……」

「恥ずかしがる事はない。フィオラの乳房はオレの指を気に入っているようだ」

「あんん……ぁ……あっ、あ……!」

羞恥に全身を染め上げたが、セインは呆れるどころかおもしろがっているようだった。

まるで昔のセインに戻ったように、好奇に満ちたアメジストの瞳が、ミルク色をした乳房に注がれている。

そして乳房を揉みしだきながら乳首を摘まみ、尖った先を指先でそっと撫《な》でてくるのだ。

「あン……!　んっ……ぁ、あぁ……」

それをされると甘く淫らな疼きが湧き上がり、フィオラは戸惑いに青い瞳を潤《うる》ませた。

昔から大好きだったセインに痴態《ちたい》を見られていると思えば恥ずかしいのに、その反面、大好きなセインに身体だけでも愛されているのだと思えば、敏感に反応してしまうのを止められない。

「あン……だめ、だめぇ……！」

父王を亡くしたばかりだというのに、父王の玉座でなんという淫らな行為に耽《ふけ》っているのだろう。

そう思えば感じている自分がとても浅ましく思え、首を振ってこの行為を否定してみたが、セインの手指が止まる事はなかった。

「あぁん、んっ……ぃや、いやぁ……！」

相反する気持ちに翻弄されながらも身体は正直で、セインの指先が乳首をつま弾くように触れてくると、ローズピンクの乳首はより凝り、甘く疼いてしまう。

思わず逞《たくま》しい胸に縋ったが、そうすると軍服の硬い生地に乳首が擦れてしまい、余計に気持ちよくなってしまって――。

「あぁん……あっ、あぁ……だめ、セインお兄様ぁ……」

「なにがだめなんだ、淫らなフィオラ……舞踏会の度に、男達に乳首をこうして押しつけて踊っていたじゃないか」

「あぁ、そんな……そんな事はしていません……」

「皆このミルク色の乳房ばかり凝視めながら踊っていたのに気づかなかったのか？　この大きな乳房をこうやって思う存分、揉みしだきたいと思っていたというのに……」

こうやってと言いながら、乳房が躍るほど烈しく揉みしだかれて、あまりの事にフィオラは全身を染め上げた。

舞踏会で踊った数々の男性が、自分の乳房をそんな目で見ていたなんて。

しかし確かにカイザーは、欲望を剝き出しにして閨へ誘ってきた。

それを考えるとセインの言葉も、あながち嘘ではないような気がする。

しかしそれ以上に、セインが舞踏会で自分が踊る姿をつぶさに見ていた事がわかって、喜びが湧き上がってきた。

「セインお兄様もそう思ってくださっていたの……？」

「……さぁな」

「あぁっ……あん……あっ……そんな、舐めたらだめぇ……！」

ジッと凝視めて答えを待っていたがはぐらかされてしまい、セインは乳房を吸い込めるだけ吸い込み、最後には乳首だけをちゅるっと思いきり吸った。

「あっ、あ……あぁん……セインお兄様ぁ……」

歯を柔らかく立てながら、先端をざらりとした舌で舐められると、得も言われぬほど気持ちよくて、身体が自然と仰け反《のぞ》ってしまう。

すると自然とセインに乳房を差し出す形になってしまい、思う存分舐められる。

左右の乳首を交互に舐め上げられてチュッと吸われる度に、どういう訳だか甘い疼きが下肢へも伝わり、腰をもぞっと動かすと、腰を掴んでいた大きな手が、ドレスのスカートをゆっくりと手繰り上げ始めた。

「セインお兄様っ!?　なに、なにを……」

戸惑いに声をあげたが、セインは構わずにスカートの中へ手を忍ばせると、ぴったりと閉じていたフィオラの秘所へ手を這《は》わせてくる。

そうして淡《あわ》い叢《くさむら》の感触を愉しんでから、二本の指が秘裂へそっと押し入ってきた。

「いやっ……」

「いやだと言うワリにはしっかり濡れているじゃないか。聞こえるだろう、淫らな音が」

「あぁ……いや、そんなふうにしないで……」

フィオラですら滅多な事では触れない蜜口《みつくち》を、ちゃぷちゃぷと粘《ねば》ついた音をわざとたてるように捏《こ》ねてくる。

自分の中からそんなに淫らな音が聞こえてくる事や、セインが当たり前のように秘所に触れてくる事が恥ずかしくて、フィオラはいやいやと首を振りたてた。

しかしセインがそれでやめてくれる筈もなく、蜜口からどんどん溢れてくる愛蜜を掬《すく》っては、秘所全体に塗り込めるような素振りをする。

「あ、あん……あっ、あぁんっ！」

そして慎ましやかに閉じていた陰唇《いんしん》を掻き分けるように撫で上げては、その先にある秘玉に触れられた瞬間、腰が蕩けてしまいそうな衝撃が走り、フィオラはただでさえ大きな瞳を見開いた。

「な、なに……？」

ほんの一瞬触れられただけだったが、秘玉を撫で擦《こす》られた途端に腰から下が溶けてなくなってしまうかと思った。

「フッ、ここが好いのか……？」

「ち、違います……あぁ、違います……んん……」

「嘘をつくものじゃない。ここがフィオラの最も感じる場所だ。よく覚えておけ」

「あぁん……あっ、あっ……いや、ん……撫でたらだめぇ……！」

昂奮に尖った秘玉を撫で擦られる度に甘美な刺激が走り、少しもジッとしていられない。

ぬめる指先で包皮から顔を出している秘玉を、ころころと転がされるのがどうしようもなく好くて、腰が淫らに蠢《うごめ》いてしまう。

蜜口からも愛蜜がどんどん溢れ出してきて、秘所が潤ってくるのがわかった。

「あぁ、だめ、だめぇ……！」

まるで尽きない泉のように淫らな蜜が溢れ出す事が恥ずかしくて、フィオラはいやいやと首を横に振った。

しかしセインは愉しげに愛蜜を掬っては陰唇や秘玉に塗り込め、フィオラから甘い声を引き出そうとする。

「わかるかフィオラ、愛液が溢れて糸を引いてたれていくのが……」

「あぁん……あっ、あぁ……いやぁん……！」

なにか恥ずかしい事を言われているのはわかったが、考える余裕すらない。

そのくらい気持ちよすぎて、セインの指がぬるぬると行き来するだけで、腰が甘く疼《うず》いてくるのだ。

「あぁっ……あっ……あ、あぁ……！」

小さな粒に触れられる度に腰がぴくん、ぴくん、と跳ね上がってしまい、硬い軍服に縋りついて、その感覚をやり過ごそうとしてみたが無駄だった。

快美な刺激は増すばかりで、セインの指先がぬめる秘玉を捉えて円を描くようにくすぐってくると、どういう仕組みなのか蜜口がひくひくとひくついてしまい、その奥になにかを咥《くわ》え込みたい不思議な衝動に駆られた。

「あぁ、セインお兄様……なにか、なにか変です……」

「変じゃない。感じている証拠だ。そのまま淫らに達《い》ってみせろ」

「い、達く……?」

訳がわからずに見上げたが、セインはおもしろそうに笑うばかりで、さらに指を増やして秘所を掻き混ぜてくる。

「う、んぅ……っ……」

その感覚を堪《こら》えているうちに、ひくつく蜜口へと指を挿入されてしまった。

「い、痛……」

思わず痛いと口走ったが、痛いというよりツン、と沁《し》みるような感覚と苦しさに思わず軍服に爪を立てたが、セインの指は止まる事はなかった。

そして最奥《さいおう》まで届きそうなほど深く挿入されてホッとしたのも束の間、二本の指を挿入しながらも親指で秘玉を撫でられた。

「やぁぁん……あん、あっ、あっ、あぁ……!」

その途端、あれだけ苦しかった筈の指を心地好《よ》く感じ、思いきり締めつけてしまった。

「フッ、なんて淫らな身体をしているんだ。自分でここを慰めた事でもあるのか？」

ここ、と言いながら指を抜き挿しされて、フィオラはその感覚に翻弄《ほんろう》されながらも、軍服に縋りついて首を振りたてた。

「そんな……あぁ、ん……した事などありません……」

「だがのみ込みがいい。もうオレの指を吸い込もうとしているのがわかるか？」

「あぁっ……あ、あっ、あっ……あぁん……！」

ちゃぷちゃぷと淫らな音をたてて抜き挿しをされながら秘玉を撫で擦られる毎に、腰の奥から甘い感覚がして、セインの指をきゅうきゅうに締めつけてしまう。

そんな自分の身体の淫らさに羞恥を覚えるのに、セインの指が円を描くようにグラインドをつけて掻き混ぜてくると、堪えきれない声が溢れてしまう。

「あん、ん……あっ、あぁ、あっ、あっ……！」

秘玉を押し潰すようにしながら、中で指を折り曲げられるのがどうしようもなく好《い》い。セインの指に合わせて腰も淫らに動いてしまい、奥をつつかれる度に甘い感覚が強くなってきて、つま先がくぅっと丸まる。

押し入ってくるセインの指を媚壁《びへき》が何度も何度も締めつけてしまい、もう少しも堪えられないと思った瞬間、秘玉をくりくりと捏ねられて、それがフィオラの限界だった。

「あぁっ……っ……あ、や……いやぁあぁぁん……！」

これ以上は触れてほしくないと思うほどの快感が押し寄せてきて、全身が強《こわ》ばる。

もう触れられていない乳首も固く凝り、腰を中心に四肢まで快感のさざ波が広がっていくような感覚がした。

その間は息すら止まってしまい、セインの指を締めつけたまま軍服に縋っていたのだが、息を吹き返した途端に全身から力が抜けてしまい、セインが支えていなければ玉座から転がり落ちてしまいそうなほどだった。

「ぁ……は……っ……」

あまりの衝撃に呆然として、しばらくはセインに縋り、快感の余韻《よいん》に浸《ひた》った。

男女の交わりが、これほどまでに烈《はげ》しいものだとは知らなかった。

まるで全力疾走《ぜんりょくしっそう》したあとのように息が上がり、セインに縋っている指先も小刻みに震えてしまうほどだった。

父王が亡くなった直後だというのに、セインに操《みさお》を奪われるとは夢にも思わなかったが、これでもうフィオラはセインと結婚した事になるのだろうか？

おずおずと見上げれば、セインはそんなフィオラを凝視めていて、羞恥に顔を背けようと思ったが、それより速く抱き込まれてしまった。

「は、放して……もうセインお兄様と結婚した事は充分にわかりました。だから……」

「ハッ！　淫らなくせに初心《うぶ》なフィオラ。これで終わりではないぞ」

「え……」

これ以上の事がまだあるのかと驚いて見上げると、セインはフィオラを膝に座らせるようにして抱き込んできた。

背中に冷たい軍服の感触がして思わず肩を竦めているうちに、膝裏を持ち上げられて、玉座の肘掛けに両脚をのせられるという、あられもない姿にさせられた。

しかも達したばかりの蜜口にセインの熱く滾《たぎ》る熱を感じ、フィオラがおののいて振り返ったと同時に、熱く滾る熱が蜜口の中へゆっくりと入り込んできた。

「あぁあぁぁ……！」

指とは比べものにならないほど太く反り返った楔《くさび》が、媚壁を掻き分けるようにして隘路《あいろ》に入り込んでくる。

胸の奥がせつなくなるような感覚が迫り上がってきて、玉座から落ちてしまいそうになったが、腰にまわされた大きな手に支えられて、最奥まで一気に挿入された。

「あ……っ……ぁ……」

痛さよりも燃えるような熱さを感じ、息すら吸い込む事も忘れて身体を小刻みに震わせていると、セインに苦しいほど強く抱きしめられた。

「わかるか、フィオラ……オレが入っているのが……これがオレだ。よく覚えておけ」

「あっ……あぁ……揺らさないで……」

ゆさゆさと揺さぶられるだけでもすごい衝撃で、フィオラは瞳を潤ませたが、セインがやめてくれる筈もなく――。

「ぃ、いや……あぁ……やめて、セインお兄様ぁ……」

フィオラが形に慣れるのを見計らって、セインはフィオラが息をつく度に揺さぶるのを繰り返す。

そしてたっぷりと時間をかけて揺さぶられては、楔の形を覚え込ませるようにジッと動かずにいて、フィオラがその形に慣れてくると、また揺さぶるのを繰り返される。

「あ、あぁ……あっ……あ……」

そのうちに媚壁がセインの形をすっかり覚えてしまい、きゅうきゅうに締めつけると、セインは揺さぶるだけではなく、フィオラの膝裏を支えて、抜き挿しを開始した。

「あっ……あ、あっ、あぁ……あ、やん……!」

最初はゆったりとしたテンポで抜き挿しされていたが、そのうちにずくずくと突き上げられて、最奥に届く度に甘い声が溢れ出てしまうようになった。

そうなるとセインも遠慮はいらないとばかりにずちゅくちゅと烈しい抜き挿しを繰り返し、フィオラからさらに甘い声を引き出そうとする。

「あぁん……やん、あん、あっ、あ、あっ、あぁっ……！」

セインの熱が媚壁に擦れる度に、焼けてしまいそうなほど甘い感覚がして、いつしかフィオラは最奥をつつかれるのが徐々に心地好くなってきた。

それが恥ずかしいのに身体は熱くなるばかりで、セインの反り返った楔が媚壁を擦り上げる度に、蕩けるように甘い声をあげた。

「あぁん……あっ、あ、あぁ……あ……！」

大きな乳房が上下するほどの烈しい律動を繰り返され、最奥に届く度に媚《こ》びた声をあげる自分が信じられない。

それでも隘路にセインを受け容れると、どうしようもないほど気持ちよくて——。

「フィオラ……」

「あっ！　あぁっ……！」

仰け反った瞬間に項《うなじ》に噛みつかれたが、それすら快感に繋がり、ずくずくと突き上げられる度に頭の中で白い閃光《せんこう》が瞬くような感覚がした。

思わずセインを締めつけると、びくびくっと反応するのがわかり、それから何度か行き来を繰り返されてから、最奥に熱い飛沫を浴びせられた。

「あっ……あぁんっ……！」

それを感じた途端にフィオラも達してしまい、セインを思いきり締めつけると、セインは何度か腰を打ち付けて、熱い飛沫を何度も浴びせる。

その度にびくついて感じ入っていたが、セインの熱を受け止めた事で、フィオラの中でなにかが音をたてて崩れ落ちていく気がした。

（あぁ、これで私は……）

心も身体もセインのものとなったのだ——。

夢にまで見たセインとの結婚だったが、幼い頃から見ていた夢とはほど遠すぎる。

結婚してくれると言ったが、事実上セインの支配下に置かれたも同然だ。

それを喜んでいいのか、悲しむべきなのか、今のフィオラにはわからなかった。

しかしただひとつわかった事は、セインはこの国を我がものにしようとしている事。

そしてフィオラは国民を納得させる為だけの、お飾りの花嫁となるのだ。

そこに愛はあるのか問い質《ただ》したかったが、亡き父王の玉座で初めて受けた荒淫《こういん》に、目の前の景色が次第に薄れていき、フィオラはそのまま意識を手放した。

第二章　祝福された愛なき薔薇

友好国や貴族からの祝いの花で溢れかえったフィオラのリビングは、豪華な花の数々も相まって、女官達がはしゃぐ華やかな雰囲気に包まれていた。

そんな中、鏡に向かっているフィオラは、ハニーブロンドを結い上げ、化粧を施してもらっている最中だった。

「フィオラ様、素敵なヴェールが届きましたわよ！」

側付きの女官のはしゃぐ声に、フィオラはふと笑みを浮かべた。

心からの笑みではなかったが、コルセットで腰を最大限に絞り上げた純白のウェディングドレスを着ているせいにして鏡に向かう。

その表情はとても冴《さ》えないもので、待ちに待った結婚式を迎える花嫁のそれとは大きく違っていた。

それもその筈、父王の国葬が昨日しめやかに行われたばかりだというのに、その翌日に結婚式を挙げるとセインに告げられて、たった二日間しか喪に服す事はできなかったのだ。

もちろんもう少し喪に服したくて、時間を空けてほしいと懇願《こんがん》はした。

しかしセイン率いる青の大天使の決定は絶対で、王宮では既にフィオラに発言権はないも同然だった。

あの日、父王が亡くなって間もなく純潔を奪われてから、たった三日しか経っていない。

その間セインがまた身体を奪いに来るかもしれないと戦々恐々としていたが、セインとは父王の国葬の場で顔を合わせて以来、一度も会っていなかった。

その事も、フィオラの顔を曇らせる要因のひとつだ。

幼い頃から恋焦がれていたセインと結婚できるのだから喜んでもいい筈なのに、結婚式当日まで会いに来てくれないとなると、ますます愛のない政治的な結婚に思えてしまって。

父王の死で混乱している隙に、敵国フィランダがこのランディーヌ王国へ攻め入ってくるかもしれない事はわかっている。

だからこそ国の体制をすぐに調える為にも、国家に揺るぎがない事を示す為にも、セインとフィオラの結婚式を急がねばならない事も充分わかっている。

女王となる以上、国民を守る為に自ら進んでセインと結婚をして、国家を守っていかない事も承知しているが――。

いろいろな政治的な要因があっての事だと頭では理解するものの、気持ちがどうしても追いつかない。

割り切ろうと思っても、愛するセインがフィオラに無関心でいる事が余計に複雑で、ついため息が洩れてしまいそうになる。

しかし長年側付きをしている女官長のアニーナは、フィオラがセインに恋心を抱いている事を知っていて、この結婚をとても喜んでくれているので、ため息は堪えた。

アニーナに聞いたところによると、国民も王家と軍部の結束が強まり、より強固な国家になるこの結婚を大いに喜んでくれているらしい。

そうとなれば当の本人達が心を通わせていないと知られる訳にもいかず、フィオラは自分の花嫁姿を見てはしゃぐ女官達に、いつものように微笑むしかなかった。

「さぁ、フィオラ様。このヴェールを被ってティアラを着けたら完璧ですわ。緊張されているようですけれど、国民が喜ぶ姿を見たらきっといつもの笑顔を取り戻せます」

「ええ、そうね……緊張しすぎね。もっとリラックスしないと」

ふと息をついていつもの笑みを浮かべると、アニーナはホッとしたように笑顔になった。

中には涙ぐむ女官もいて、それを見たらますますこの結婚を喜んでいる振りをしなければと心に誓った。

「長年夢見てきたセイン様とご結婚されるなんて、本当に喜ばしいですわ」

「フィオラ様と同じようにセイン総統も、本当は愛していらしたのですね」

「王族でいながら相思相愛でご結婚できるなんて、本当に良かったです」

「みんな、どうもありがとう。幸せになって国民に祝ってもらうわ」

にっこりと微笑んだフィオラが立ち上がるのに合わせて、アニーナがウェディングドレスの裾をさばいてくれる。

姿見を改めて見ると、長いヴェールと胸元には、フィオラの紋章でもある青い薔薇が鏤《ちりば》められていて、とても素敵なウェディングドレスに仕上がっている。

結婚式の日取りを勝手に決めたセインからの賜《たまわ》り物で、フィオラの意見は一切通っていないが、とても素敵なウェディングドレスだった。

フィオラの身体にぴったりとフィットして、まるで前々から用意されていたようにも感じるが、お抱えの仕立屋に大急ぎで作らせたに違いない。

（セインお兄様が私の為にあつらえてくれた訳ではないのに……）

フィオラ好みのデザインに仕上がっているのは、きっと仕立屋が気を利かせてくれたおかげだろう。

「さぁさぁ、こちらのブーケをお持ちください」

「このブーケも素晴らしい事」

「きっとセイン総統が選んでくださったのですわ」

「……えぇ、そうね。どう？　似合うかしら」

笑顔を作って女官達を振り返ると、皆自分の事のように喜んでいる。

それを見て良心がチクチクと痛んだが、フィオラはふんわりと微笑んでみせた。

こうなったらもう幸せな花嫁の振りを貫き通すしかない。

側付きの女官達だけでなく、国民全員を欺《あざむ》く事になるが、それで国家が守れるならば腹をくくるしかなかった。

「フィオラ様、あの……」

その時、外で待機していた新人の女官コレットが困惑した表情で入室してきた。

「どうしたの、コレット？」

「それが、フィランダ王国のジョセフ王子から祝いの花籠《はなかご》が届いたと、衛兵が……」

「ジョセフ王子からですって⁉」

驚きに目を見張ったフィオラや女官達の前へコレットが差し出してきたのは、深紅の薔薇がたくさん活け込まれた豪華な花籠だった。

敵国とはいえ、ジョセフ王子とは公式な席で何度か会った事がある。

それも一度は結婚の話が持ち上がり、フィランダ王国とランディーヌ王国の架け橋となるよう、お見合いらしき事もしたのだ。

今回も国賓として招いているが、まさか祝いの花を贈ってくるとは思わなかった。

「フィオラ様、触れてはいけません。なにが仕込まれているかわかりませんので、この私が確認いたします」

ジョセフ王子は一見すると物腰が柔らかく、とても穏やかそうに見えるが、敵国の王子だけあって、なにをしでかすかわからない。

そこでアニーナが真剣な面持ちでコレットから花籠を受け取ったのだが、特になんの仕掛けもなさそうで、メッセージカードが添えられているだけだった。

それでもメッセージカードに毒が付着している可能性もあり、アニーナは手袋をしてメッセージカードを抜き取った。

「読み上げます。『親愛なるセイン総統とフィオラ新女王へ。ランディーヌ王国の新しい夜明けを心から祝福いたします。本日は美しくも青い薔薇を、拝顔できる喜びに心躍らせております』……との事です」

「アニーナ。その花籠とメッセージカードは」

「責任を持って速やかに処分いたします。コレット、これを今すぐ焼却炉へ持ってお行きなさい」

「かしこまりました」

慌てたように一礼して去って行くコレットを見送ってから、ついアニーナと顔を見合わせてしまった。

「前国王様を毒殺しておきながら、平然と祝いの花を贈ってくる神経が知れません。おまけにあのメッセージのいやったらしい事といったら……」

アニーナは憤慨して珍しく怒っているが、フィオラも同じ気持ちだった。

ただでさえ気の乗らない結婚式を挙げるのに、その原因を作った敵国の王子に形だけの祝福をされて、さらに複雑な気分になってしまった。

しかも、美しくも青い薔薇を拝顔できるだなんて。

青い薔薇と称されるフィオラを讃《たた》えてはいるが、まだどこかフィオラを諦めていないようにも読み取れた。

一度見合いはしたものの、フィオラの気持ちは常にセインにあり、フィオラが断る形で破談になった政略結婚だったが、ジョセフのほうは乗り気だったらしいのだ。

それ以来、会う事はなかったが、まだジョセフは自分を諦めていないのだろうか？

「……っ…」

そう思うだけで背筋に戦慄《せんりつ》が走り、歪んだ表情を浮かべそうになったが、それを堪えた。

なによりこの結婚を喜んでいる振りをしなければいけないし、ジョセフの事など早く忘れてしまいたくて、フィオラはふんわりと微笑んでみせた。

「一応は祝福しているのなら、女王となった私と、軍部の総統となったセインお兄様の仲の良さと、この国がさらに強くなった証を見せつけてやるわ」

「その意気ですわ、フィオラ様。さぁ、そろそろ迎えが来る頃です」

「失礼いたします。ローレンス様がお迎えにいらっしゃいました！」

アニーナの言うとおり頬を紅潮させたコレットと共に、ゴージャスな金髪をしたローレンスが姿を現した。

「これは一段とお美しくなりましたね、フィオラ様。式の準備が調いましたので、お迎えに参上しました」

「どうもありがとう、ローレンス」

「僭越《せんえつ》ながら私がヴァージンロードを一緒に歩かせて戴きます」

恭《うやうや》しくお辞儀をしてくるが、今や実質的に青の大天使であるローレンスのほうが王宮での権力は上で、フィオラは素直に従うしかない。

差し伸べてくるローレンスの手を取り、女官達に手伝われて廊下へ出て、式典の間へとしずしずと移動した。

たった二日前、父王の国葬が行われた場で、今度は結婚式を挙げるのは複雑な気分になったが、余計な事は考えないように努めた。

実際に父王の国葬の時よりも式典の間は華やかに飾られていて、貴族や国賓、それに居並ぶ軍隊も、祝いの席に合った晴れやかな衣装を身に着けているせいもあり、国葬があった事など微塵も感じられない雰囲気だった。

そしてパイプオルガンの音色が流れる中、ローレンスに伴われて青い絨毯の上を歩いていくと、ふと強い視線を感じた。

(誰……？)

見ない振りをしながらもそっと視線を走らせると、そこには先ほど花籠を贈ってきたジョセフの姿があり、フィオラはすぐに目を伏せた。

敵国とはいえ形式上は国賓扱いで招待状を出したのはこちらだが、まさか本当に結婚式へ乗り込んでくるとは思いもしなかった。

きっとランディーヌ王国の混乱ぶりをこの目で見るつもりで列席したのだと思うが、セインが上手く国政を取りはからっていた事で、少しは諦めがついただろうか？

それに、自分の事も――。

この完璧とも言える結婚式を見て、さらに諦めがつくといいのだが。

（だめ。今は余計な事は考えないようにしないと）

今はなにも考えないようにと自分を戒《いまし》めつつ、ヴァージンロードをしずしずと歩いていくと、その先では正装をしたセインが待っている。

（あぁ、今日はなんて素敵な……）

結婚式という事もあるのだろうが、今日のセインの軍服はいつもの青い軍服ではなく、白を基調とした軍服だった。

振り返ったセインの神々《こうごう》しいまでに美しい軍服姿を目にした瞬間、胸がドキリと高鳴ったが、近づくにつれセインが無表情である事に気がつき、フィオラはがっかりと俯《うつむ》いた。

（やっぱりセインお兄様は、私を愛してないのだわ……）

これがただの政略結婚だという事をまざまざと実感させられた気分に陥り、口唇を噛みしめて壇上へと進んだ。

「これより神の名の下、結婚の儀を始めます。セイン総統、フィオラ新女王、主に祈りを捧げてください」

司祭に続いてランディーヌ王国が信仰する神に祈りを捧げ、一礼をして向き直ると、司祭は厳《おごそ》かな表情で式を進行し始めた。

「では、これよりお二人の誓いを主に捧げて戴きます。まずはセイン総統、主に誓いを」

「前国王亡きあと、このランディーヌ王国の青い薔薇と呼ばれるフィオラ女王を支え、生涯にわたって愛する事をここに誓う」

「よろしいでしょう。では、フィオラ新女王、続いて誓いの言葉を」

「……はい、ランディーヌ王国の未来の為、セイン総統を生涯愛し続ける事を誓います」

セインの口から愛するという言葉を初めて聞いたが、不遜《ふそん》な態度で誓われても心には響かなかった。

それでもランディーヌ王国の為に、愛を誓う事のなんと虚《むな》しい事か。

もちろんセインの事を愛してはいるが、当のセインが心のこもった愛情表現をしてくれない限り、愛されている実感など湧《わ》く事などなかった。

「お二人の愛の誓いに異議のある者は？」

もしかしたらジョセフが異議でも唱えるかと思ったが、司祭の声に誰も異議を唱える者はなく、式は続行となり、指輪の交換が行われ、そして残るは誓いのキスだけとなった。

「誰もが認める結婚と相成《あいな》りました。では、誓いのくちづけを」

セインが一歩近づき、ヴェールをそっと引き上げるのに、フィオラが俯いておとなしくしていると、顎《あご》をそっと持ち上げられた。

見上げてみればセインのアメジストの瞳はやはり無表情のままで、それが悲しく思えたが、顔を近づけられてフィオラは目をそっと閉じた。

その途端に薄い口唇が触れてきて、軍楽隊による国歌が演奏された。

そして城外では国民へたった今、結婚が成立した事を報せる花火が上がる音が聞こえ、セインの口唇が離れると、司祭は微笑ましげに頷いた。

「主の名の下、ここに結婚が成立しました。これにて結婚の儀は終了です」

司祭が静かに去って行くと、フィオラは差し出されたセインの腕に掴まった。

するとそれを待っていた青の大天使が前後に整列し、青い絨毯の上を行進し始め、そのあとに軍隊も続いてくる。

振り返る事は叶わなかったが、二人の後ろには数百もの軍人が列をなしているのだろう。

そのきびきびとした足音を聞いているだけで、軍事国家となった事を改めて認識させられた気がして、フィオラも気を引き締めてセインの腕に縋りながら歩いていくと、式典の間から中庭まで青い絨毯は続いていた。

そして絨毯の先には馬車と騎馬隊が待機していて――。

「セインお兄様……これはいったい……」

「国の内外に国家の威信を知らしめる為に、これからパレードを行う。国民の前では笑顔を絶やさずにいろよ」

「……はい」

くれぐれもという口調で言われてしまい、フィオラは仕方なしに頷《うなず》いて、青い薔薇で飾られた白い馬車へと乗り込んだ。

建前上は結婚のお披露目パレードなのだろうが、数百という騎馬隊や軍人を引き連れてパレードを行うのは、セインの力を知らしめる為。

そして女王のフィオラが、総統となったセインの傍らで、幸せそうに微笑んでいる事がなにより重要なのだ。

唯一の王族となったフィオラが、軍部の総統と夫婦の契《ちぎ》りを交わして、国と軍が密接な関係になった事を、国の内外に知らしめる絶好の機会という事だろう。

青の大天使が白馬にひらりと乗り、先頭を切ってゆっくりと行進を始めると、そのあとに国旗を持った騎馬隊が続き、セインとフィオラが乗る馬車が続く。

その後ろには何百という軍人が足並みを揃えて行進して、いよいよ城外へと出ると、そこには既に待ちきれない民衆が沿道で薔薇の花びらを撒き散らしていた。

「セイン総統！　フィオラ女王！　ご結婚おめでとうございます！」

軍隊による完璧なパレードもさる事ながら、馬車に乗ったセインとフィオラが通りすぎると、皆とても祝福してくれる。

それに満面の笑顔で応えて手を振り返すと、国民たちは喜ばしそうに歓声をあげた。

愛の伴わない結婚であるのに、こんなにも民衆に喜んでもらえている事に、フィオラは複雑な気分になったが、言われたとおり笑顔を絶やさずにいた。

そうして笑顔のままセインを見上げると、満更でもない表情を浮かべている。

それもその筈だろう、この結婚によってセインは軍部だけでなく、ランディーヌ王国をも掌握《しょうあく》したも同然なのだから。

そして女王と祭り上げられているが、フィオラも自由にできる身となったのだ。

一時は祖国ヴァラディアを失って自暴自棄《じぼうじき》になっていたが、最終的に大国ランディーヌ王国を我が物にできたのだ。

といっても権力に取り憑《つ》かれてのし上がったという訳ではないだろうが、すべてはセインの思惑どおりに事は進んでいるような気がした。

そう思うと笑顔でいる事が辛くなってきたが、それでもフィオラは沿道に押し寄せる民衆に応えて、いつもの笑顔を振りまいていたのだった。

◇◇◇

パレードが終わってもフィオラが息をつく暇はなかった。

それというのもパレードが終わるやいなや、式に列席した国賓や貴族達をもてなす晩餐《ばんさん》会《かい》が開かれたからだった。

沈んだ気持ちでいたのと、きついコルセットのせいで、フィオラはほとんど食事ができなかったが、辛いだけの晩餐会もようやく終わり、自室へ戻ってこられたのは深夜の十二時過ぎだった。

あまりにも疲れたせいもあり、アニーナに頼んでバスタブに湯を張ってもらい、ミルク色の湯に浸かって疲れをゆっくりと癒《いや》し、ネグリジェに着替えてベッドに入ったのは、深夜一時を過ぎた頃だったろうか。

疲れ果ててうとうとしかけていたところで、ベッドがギシリと沈む感覚がして、閉じかけていた目をぼんやりと開くと、そこには夜着に着替えたセインの姿があった。

「なっ……セインお兄様!?　どうやってここに……」

眠気も吹き飛ぶほど驚いて起き上がりかけたが、それはセインによって阻《はば》まれた。

「夜も深い、静かにしろ」

セインから石鹸《せっけん》の香りとワインの香りがして、いささか酔っているようだった。

きっとシャワーを浴びる前に青の大天使だけで、パレードが大成功した祝杯でもあげていたのだろう。

「私はもう寝ます。セインお兄様もお部屋へ戻ってください」

「なにを言っているんだか。もう結婚したんだ、一緒に寝るのは当たり前だろう」

「ですが……」

フィオラは複雑な表情で、横たわるセインを凝視めた。

セインから愛の言葉を聞いた事がないのに、同じ寝室で眠れるものなのだろうか？

てっきりセインは結婚式が終わったら、フィオラの事など興味がないとばかりに突き放すと思っていたのに、まさか一緒に眠る事になるなんて。

「本来なら王の寝室で初夜を迎えるところを、おまえが頑《かたく》なに拒《こば》んだからオレがわざわざこの宮殿を夫婦の住まいにしてやったんだ、感謝されても恨《うら》まれる覚えはないぞ」

「あ、当たり前です。血塗られた部屋で眠りたくもありません」

父王の気配がそこかしこに残る部屋で一緒に眠るなどもってのほかだし、なによりドリトミー宰相や大臣達の屍を見てしまったショックはまだ癒《い》えていないのだ。

いくら父王の部屋を大急ぎで改装したと言われても、あの部屋に近づく事すら恐ろしい。それほどまでにまだ生々しく、あの悪夢のような出来事が心に刻まれているのだ。いくらセインが王宮にある王の寝室で眠る事を強要してきても、それだけはいやだった。

「ありがとうございます。では、私はもう寝ます」

全身で拒否するようにセインに背を向けようとしたが、ベッドが再びギシリと鳴って、セインに真上から見下ろされてしまった。

「なにを拗《す》ねている」

「拗ねてなどいませんっ。もう疲れました、眠らせてください」

「ならば眠っていろ。オレは勝手におまえの身体を好きにする」

言った途端に上等なシルクのネグリジェを裂く、不快な音が寝室に響いた。

「あぁ……！」

慌てて身体を隠そうとしたが、それより前に双《ふた》つの乳房を鷲摑みにされてしまい、顔を埋《うず》められて、フィオラは戸惑いに青い瞳を揺らした。

身体を捩《よじ》って逃げようにも覆い被されてしまっては逃げられず、セインのいいように揉みしだかれては、尖り始めた乳首を摘まれてしまい、先端をそっと撫でられる。

「あぁン……！」

その途端に甘い感覚が乳首に響いて、つい蕩けた声をあげてしまった。

咄嗟《とっさ》に口を覆ったが、そんな仕草すら笑われてしまい、あまりの羞恥に顔を覆った。

しかし顔を覆った事でセインはより大胆に乳房が躍るほどに揉みしだき始めた。

尖った乳首をまあるく撫でては、感触を確かめるように摘まんで、軽く引っぱってくる。

「ぁ……あぁっ……やめて、セインお兄様……」

「オレはおまえの兄じゃない。もうその呼び方はやめろ」

「あん……けれど……あ、あぁ……！」

反論しようとしたが愛撫を続行されて、言葉にならずに淫らな声をあげてしまった。

するとセインは、フィオラがどうしても敏感に反応してしまう乳首に狙いをすまして執拗に弄ってくる。

「あっ……あぁん、ん……ぁ、あ……あぁん……！」

触れるか触れないかという絶妙な場所で乳首を速く擦りたてられ、フィオラが堪らずに胸を反らせると、またきゅうぅっと摘ままれる。

「あぁん……んっ……もうだめぇ……」

先日、玉座で操を奪われた時よりも入念な触れ方に感じてしまって、フィオラはどうしていいのかわからずに首を横に振りたてた。

しかしセインはニヤリと笑い、指先で乳首を優しく摘まみあげては、まるで円を描くように捏ねるのだ。

「あン……あ、あぁん……だめ、だめぇ……」

そのうちに逃げるように動く乳首を指先で捉えられ、爪の先でくすぐられているうちに、どうしようもなく感じてしまうようになった。

なんとかしてやり過ごそうとするが、セインの愛撫《あいぶ》は巧みで、乳首をそっと撫でられたかと思ったら、いきなりきゅうぅっと摘まみ上げて、フィオラから甘い声を引き出すのだ。

「あぁん……もういやぁ……だめ、だめぇ……！」

「なにがだめなものか。だったらどうしてフィオラのいやらしい乳首は、こんなにコリコリしてるんだ？」

「いやぁん……！」

恥ずかしい言葉を浴びせられたのに、乳首がさらにツン、と尖るのが自分でもわかった。

自分の反応が信じられなくて、首を振りたててみても、セインは鼻で笑い、また乳首を執拗に弄ってくる。

「あん、あっ、あぁ……どうして……」

なにも知らなかった身体をたった一度いいようにされただけだというのに、フィオラの身体はセインの愛撫をしっかり覚えていた。

浅ましい自分の身体にショックを受けたが、指先が淫らな動きをして愛撫を施してくる度に、甘い感覚をつぶさに拾ってしまう。

「あぁ、セインお兄様ぁ……もうやめてぇ……！」

セインに乳首をくりくりと弄られているうちに乳首は痛いほど尖りきり、指先がほんの少し触れるだけでも快美な刺激が走る。

そしていつしかフィオラは背を弓形に反らせて、甘い声をあげ続けていた。

「あん……んん……セインお兄様ぁ……」

「だから兄じゃないと言っているだろうが……」

「いや……あぁ……」

呆れたように言いながら、セインは乳首を口の中へ含んで、ちろちろと舐めてくる。

まるで優しく扱われているような気分になって戸惑ってしまったが、セインはなにを思って淫らな行為をしてくるのだろう？

愛を伴わなくとも、フィオラの身体が手に入ればいいのだろうか？

結婚初夜に子を成す為、こういう行為をするという事はアニーナから聞かされてはいたものの、愛のない結婚をしたというのに、どうしてセインが愛し合って結婚をした男女のような行為を強いてくるのか、さっぱりわからない。

しかしフィオラが戸惑っている間にも、セインは乳房をさらに入念に愛撫し、小さな乳首を舐めてくる。

おかげでフィオラの身体も燃え上がってしまい、まともな思考を保てなくなり、セインの愛撫に溺《おぼ》れてしまう。

「あぁん、だめ……そんなふうにしちゃいやぁ……」

ぬめった舌先で乳首を小刻みに舐められると、どうしようもなく感じてしまう。

思わずセインの髪に指を埋めると、ちゅうぅっと吸われてしまい、背筋が甘く痺れる。

小さな乳首もより固く凝り、それを舌先で優しく舐めほぐされるのがまた気持ちよくて、フィオラはいつしかセインの身体を挟み込むように膝を立てていた。

それでもセインは胸への愛撫が気に入っているらしく、乳房を揉みしだきながらも両方の乳首を交互に舐め啜《すす》っては、フィオラから甘い声を引き出すのだ。

「あん、んん……あっ、ぁ……そんなふうに噛んじゃいや……」

乳首に歯を軽く立てられる度に、フィオラは身体をぴくん、ぴくん、と跳ねさせた。

口ではいやだと言っているが、痛いほどに凝りきっている乳首に歯を立てられるのが、ものすごく好い。

身体もシーツの上で波打つように蠢いてしまい、セインに縋るように抱きついて甘い声をあげ続けていたのだが、そのうちに乳首だけの刺激では物足りないと下肢が疼き始めた。

(あぁ、なんて事……)

たった一度しか身体を合わせていないのに、秘所は与えられた甘美な刺激を覚えていて、セインの手指を欲しているのだ。

その事にショックを受けたが身体は正直で、腰が淫らに突き上がってしまう。

それでもセインは下肢には触れてくれずに、乳房ばかりを愛撫してくる。

凝りきった乳首を舌先で転がし、指で何度も何度も摘まんでは、フィオラから甘い声を引き出そうとするのだ。

「あン……んふ……ぁ、あぁ……！」

堪えようとしてもセインの愛撫は巧みで、乳房を悪戯《いたずら》される度に甘ったるい声があがってしまい、身体も燃え立つように熱くなってきた。

堪らずにセインの髪に指を埋めて引き剝《は》がそうとしたが、乳首に歯を軽く立てられて髪を掻き混ぜる事しかできなかった。

「あぁ、セインお兄様ぁ……許して、もう許して……」

このままでは乳房を愛撫されただけで気を遣《や》ってしまいそうで、啜り泣きながら許しを乞うたが、セインは大きな乳房を揉みしだいては、乳首をくりくりと弄ってばかりいる。

「あ、ん……んん……ぁ……あ……」

そのうちに乳首を弄られる度に蜜口がひくひくとひくついてしまい、堪らずに脚を摺《す》り合わせると、それを察したセインにまた鼻で笑われてしまった。

「もう堪えきれないのか？」

「あぁ……ん、だって……」

「物足りなさそうに脚を摺り合わせて誘うとは、淫らな女王だ」

「あぁん……」

揶揄《やゆ》されて悔《くや》しいのに、乳房を嬲《なぶ》りながらも余った手が身体のラインを辿《たど》り、ゆっくりと下りていくのを感じ、つい安堵のため息が洩れた。

つい受け容れるように脚を僅かに開くと、動きやすくなったのか、セインは淡い叢を掻き混ぜてから、揃えた指を秘裂に差し込んでくる。

「あ、んん……っ……」

陰唇を押し開くようにセインの指がじっくりと撫でながら下りていく。

胸をドキドキと高鳴らせて待っていると、蜜口をそっと撫でられた。

それだけで身体が浮き上がってしまうほど気持ちよくなってしまい、フィオラは腰を僅かに突き上げ、甘い吐息を洩らした。

「あン……ぁ……あ……！」

「フッ、聞こえるか？　この淫らな音が……」

「いやぁん……！」

心地好さにうっとりと浸っているところで、わざとくちゃくちゃと音をたてて掻き混ぜられ、フィオラは羞恥に全身を染め上げた。

それでもセインは構わずに蜜口から愛蜜を掬っては、昂奮に尖る秘玉へと指をスライドして、包皮から顔を出している秘玉を撫で擦る。

「あぁん……あん、セインお兄様ぁ……そんなにいっぱい擦ったらだめなの……」

「どうしてだ、淫らなフィオラ……」

「あんん……だって……」

ぬめった秘玉を二本の指で捉えられ、何度も何度も摘まれると、すぐにでも達してしまいそうだった。

しかしセインは構わずに、クスッと笑って秘玉を捏ねるように弄ってくる。

「あぁっ……あっ、あっ、あん……だめ、だめぇ……！」

「なにがだめなんだ？　たった一度肌を合わせただけでこんなに感じるとはな。ここがそんなに好いのか……？」

「いやあぁん……！　だめ、だめぇ……そんなにしたらだめなの……！」

くちゃくちゃと猥《みだ》りがましい音をたてて秘玉を捏ねられる度に、腰が限界を訴えるように突き上がる。

しかしフィオラが本当に達してしまいそうになると、セインは秘玉を弄るのをやめて陰唇を撫でたり蜜口を撫でたりして、フィオラが落ち着くのを待つのだ。

そうしてフィオラが落ち着きを取り戻すと、また昂奮に尖る秘玉を撫で擦る。

「あは……ん、んぅっ……」

そんな事を何度も繰り返されているうちに、頭が次第にボーとしてきて、腰が淫らに蠢いてしまうのを止められなくなった。

秘所もひくひくとひくついてしまい、中になにかを咥え込みたい衝動に駆られた。

「いい表情を浮かべるようになった……オレの身体なしではいられないようにしてやる」

「あぁ……ん……ぃや……いやぁ……」

「いやじゃない。どうしようもなく……好いんだろう？」

言いながら蕩けきった蜜口へ指を挿入されたかと思うと、親指で秘玉を捉えられ、中と外から同時に刺激を加えられる。

それがあまりにも気持ちよくて、セインの指がちゃぷちゃぷと出入りする度に腰が淫らに動き、甘い声がひっきりなしに溢れる。

「あぁん……あ、あっ……あん……あっ……あぁっ……！」

先日はあんなに苦しく感じたのに、セインの指をもう心地好く感じてしまっている。

そんな自分の淫らさにショックを受けながらも、身体はセインの手指の愛撫に応えてしまって、最奥をつつかれる度に蕩けきった声が自然と洩れた。

そうしてセインが自らの淫刀《いんとう》を出し入れしている時のように、指をグラインドしながら親指で秘玉を擦り上げ始めると、快感を覚え込まされた身体が次第に強ばってきた。

つま先までピンと張り詰め、シーツに縋っていると、セインは指淫《しいん》をさらに烈しくする。

「あぁ、セインお兄様ぁ……私もう……っ！」

堪えきれずに声を荒らげたが、セインは構わずに出入りする指の動きを速くした。

親指で秘玉を押し潰されながら最奥をつつかれ、あまりの気持ちよさに身体を仰け反らせた瞬間、絶頂の波が不意に押し寄せてきて、フィオラは目眩にも似た感覚を味わいながら達してしまって――。

「いっやあぁん……！」

全身を強ばらせながら達して、腰をひくん、ひくん、と突き上げると、セインはそれに合わせて最奥をつついてくる。

「あぁ……あ、ん……ぃや……ん……んっ……」

強い絶頂を感じながらも、セインが媚壁を擦り上げる度に、また小さな絶頂が訪れて、フィオラは息も絶え絶えに腰をひくつかせた。

もう触れられていない乳首も尖りきり、四肢まで広がる快感を味わい尽くしてからシーツに沈み込むと、セインもようやく指淫をやめてくれたのだが――。

「あ……は……っ……ぁ……」

まだ中に埋まっているセインの指を締めつける度に、何度でも気持ちよくなれてしまい、フィオラが身体を震わせて快感の余韻に浸っていると、セインはおもむろに中に埋めている指を動かした。

「んっ……ぃや……」

「なにがいやなものか。フィオラの中はオレの指をまだ吸い込もうと蠢いているぞ?」

「いやっ……!」

自分の淫らな身体の様子を教えられ、フィオラが羞恥に顔を覆っている間に、セインはまたゆったりとした動きで媚壁を穿《うが》ち始めた。

「あぁ、いや……セインお兄様、もうこれ以上したら変になってしまいます……」

「なにもかも忘れるくらい変になればいい……」

「セインお兄様……？　あ、あぁん……！」

一瞬だけ昔のセインの面影を見た気がしたが、すぐに指淫を再開され、フィオラは思わずセインの腕に爪を立てた。

それでもセインはやめてくれずに、くちゃくちゃと淫らな音をたてて媚壁を擦りたてる。

「ん……んん……」

達したばかりの身体にセインの指淫は強すぎて、苦しいばかりだった。

爪を立てる事で抵抗をしていたが、じっくりと穿たれているうちにフィオラの身体の中に僅かな火が灯り始めた。

「ぁ……あ……？」

最奥を何度かつつかれるうちに甘い感覚が強くなってきて、それが四肢まで広がる。

戸惑いにセインを見上げればニヤリと笑われて、ゆったりとした律動《りつどう》を速くされた。

「あ……あぁっ……あ、ん……ぃや……い、やぁ……！」

ちゃぷちゃぷちゃぷ、と粘ついた音がたつほど烈しく掻き混ぜられて、最奥を何度も何度もつつかれる。

それがどうしようもなく気持ちよくて、それでいてまた感じ始めた自分の身体が信じられなくて、フィオラは首を振ってやり過ごそうとした。

しかし秘玉のちょうど裏側を指先で擦られると、身体が強ばるほど感じ入ってしまい、媚壁がセインの指をもっと奥へと吸い込もうとしているのが自分でもわかる。

それが恥ずかしくて顔を覆ってみたが、その程度の事でセインがやめてくれる訳もなく、脚を広げられて、さらに貪婪《どんらん》に媚壁を擦りたてるのだ。

「あぁ、セインお兄様ぁ……やめて、やめて……私また……！」

「また、なんだ？」

「いや……言えません……」

「ならばこのまま続けるだけだ」

そう言ってセインは中で指を軽く折り曲げ、愛蜜を掻き出すように出入りを繰り返した。

「いやぁん……いや、あぁ……セインお兄様っ……そんなにしないでぇ……！」

「ならば言えるだろう淫らなフィオラ……もうすぐフィオラはどうなってしまうんだ？」

「あ、あん……うぅ……」

耳許で囁かれて、フィオラはぞくん、と肩を竦めながらも涙目でセインを見上げた。

達する事を伝えたら、この甘苦しいほどの快感を終わらせてくれるのだろうか？

しかし自ら達く事を伝えるのが恥ずかしくて、フィオラはいやいやと首を振った。

「あぁ、ん、んふ……もう許してぇ……」

「そうじゃないだろう、淫らなフィオラ……達く時は素直に口にするんだ」

「け、けれど……」

躊躇いながらも見上げると、セインが熱く凝視めていて、身体が一気に燃え上がるような感覚がした。

「あぁ、セインお兄様……」

セインに身体の隅々《すみずみ》まで愛されていると思えば、恥ずかしいのに悦《よろこ》びを感じてしまう。

心から愛されていないとわかっているのに、嬌声《きょうせい》をあげている自分が滑稽に思えたが、セインの愛撫は巧みで、初心なフィオラが堪える事など到底無理な話だった。

最も感じる箇所を執拗に擦られると、身体がまた強ばり始めてつま先がくぅっと丸まる。

「あぁっ……あ、ん……セインお兄様ぁ……ぃく……私、達っちゃいます……」

セインの腕に縋りつきながら、とうとう淫らな言葉を口にすると、セインはニヤリと笑い、リズムを刻むように隘路を擦りたてた。

「あ、あぁっ……ん、や……っ……あ、あぁ……や、いやぁあぁん……！」

身体が大袈裟《おおげさ》なほどびくん、と跳ねた瞬間に達してしまい、セインの指をきゅうきゅうに締めつけながら快感に息を凝らした。

頭の中が真っ白になるほどの快感にしばし浸っていたのだが、隘路に埋まっていた指を唐突に引き抜かれ、フィオラはベッドに沈み込んで速い呼吸を繰り返した。

「ぁ……は……っ……」

立て続けに達ったせいで、心臓がとび出しそうなほど速い鼓動を繰り返し、肩で息をしていると、衣擦れの音が聞こえた。

ふと見上げてみればセインがフィオラに跨《また》がったまま、夜着を脱ぎ捨てていた。

「ぁ……」

いつも遠くから見る事しかできなかったセインの身体は、鍛《きた》え抜かれていてまるで彫像のように美しかった。

しかし亡国ヴァラディアを襲った、『赤い月夜の乱』で受けた傷痕だろうか。

左肩から右腹にかけて大きくて古い傷痕があり、セインも無傷で救出された訳ではない事を物語っていた。

「この傷が気になるか？」

「……はい。この傷はあの夜の……」

「あぁ、そうだ。この傷があと少し深ければ、オレは名誉ある戦死を遂げられたのにな」

苦く笑って傷痕に触れるセインに、フィオラは首を横に振りたてた。

「そんな……！　セインお兄様が生きているからこそ、今は亡きヴァラディアの民は、セインお兄様を心の支えに、今もランディーヌで平和に暮らせているに違いありません」

実際にヴァラディアが祖国の民衆に、セインは大いに支持されているのだ。

なのに戦死を望んでいたような発言をどうしてするのか、フィオラにはわからなかった。

「国を守り切れなかった無様な元王子だ。生き恥を曝《さら》すより、民の為に死ねば良かった」

「いいえ、いいえ。セインお兄様が父王様の近衛隊に配属されて、国を守るお仕事をされているから、ヴァラディアの民は堂々とランディーヌで暮らしていけるのだわ。私だって、セインお兄様だけでも助かって、本当に良かったと思っています」

あの『赤い月夜の乱』で、ランディーヌ王国も不穏な空気に包まれていたのを、フィオラも子供心に覚えている。

そしてヴァラディア王国の国王が斬首された一報が入った時には、セインの命は既にないものだと絶望したのだ。

しかしそれから数刻してセインを救出した事を知り、どんなに嬉しかった事か。

殺伐とした城内を歩きまわる事を禁じられて、セインに近寄らせてはもらえなかったものの、その時は神様に感謝の祈りを捧げたものだった。

「おかげでオレがこの国を乗っ取ったのに、お気楽な女王だ」

「それでも生きてさえいてくれればいいです。だからどうかご自分を貶《おとし》めるような事は仰《おっしゃ》らないでください」

アメジストの瞳をジッと凝視めて言い切ると、セインはふと目を逸らした。

そして今までの不遜な表情から一転して、なぜか不機嫌そうな顔つきになり、フィオラの脚を担ぎ上げた。

「きゃっ……!?」

「事の最中につまらない話はしたくない。おまえの身体でオレへの忠誠を誓わせてやる」

「あぁ……!」

蜜口に灼熱《しゃくねつ》の楔を押しつけられたかと思ったら、蕩けきった隘路へ一気に押し入られて、フィオラは背を弓形に仰け反らせた。

いくら指でほぐされていても、やはりまだセインの奮った灼熱を受け止めるのは苦しくて、息をするのですら慎重になっていると、真上から見下ろしているセインも息を凝らしてフィオラを凝視めていた。

「ぁ……ん……セインお兄様……」

「兄ではない……と言っているだろうが……」

「あぁっ……あ、あん……あっ、ぁ……!」

最奥まで入り込んだ熱い楔がつついてくる度に、目の中に閃光が瞬《またた》く。

軽い目眩のようなものも感じてセインの肩に縋り、受け容れた熱い楔の感覚に必死で慣れようと息をついているうちに、あれだけ苦しかった筈の灼熱が、身体に馴染んできた。

「ん、ふ……」

意図せず媚壁がセインを締めつけ、もっと奥まで誘い込むような素振りをすると、セインはフィオラの脚を押さえつけて、烈しい出入りを繰り返した。

「あぁっ……あ、あっ、あぁ、あ、ん……ぁ……！」

ギリギリまで引き抜いては、蜜口が収縮する前に最奥まで貫くのを何度も繰り返されているうちに、腰の奥から甘い熱が湧き上がってきた。

最奥をつつかれるとその甘さを帯びた熱がより強くなって、媚壁を擦り上げられる度に、甘ったるい声がどうしてもあがってしまう。

「あン……ん、ふ……あ、あぁっ、あっ、あ……！」

そのうちに乳房が上下に揺れるほど烈しい律動を繰り出されたが、苦しさはとうになく、セインが挑《いど》んでくる度に四肢まで痺れるような快感が走った。

思わず逞しい肩に縋るだけで、セインの鍛え抜かれた身体の様子がわかって、フィオラは上り詰めそうになった。

（あぁ、いつの間にかこんなに立派な身体になっていたなんて……）

フィオラが知っているセインは、王子であった頃の煌《きら》びやかな軍服を着ている姿と、青の大天使となってランディーヌの軍服に身を包んだとてもストイックな姿だけだ。

その時から逞しく成長したとは思っていたが、こんなにも美しい身体をしていたなんて思いもしなかった。

古い傷痕ですら醜《みにく》いとは思わない。むしろ名誉の傷痕に思えて、肩から走る傷痕を指先で辿っていくと、中にいるセインがびくびくっと震えた。

「あぁ、あ、ん……！」

「……っ…傷に触れるな……その身が穢《けが》れるぞ」

「そんな事……んっ、ぁ……名誉の傷痕です……この身が穢れる事などありません……」

目を凝視めてしっかりと言い切ると、セインはふと動きを止め、息を弾ませながらも苦く笑い、フィオラを凝視め返してきた。

「なにが名誉なものか。オレの汚点だ……」

「いいえ、セインお兄様は最善を尽くされてました。だからご自分をそんなふうに思わないでくださ……」

「黙れ」

「あぁっ……あっ、あぁっ、あ、ぁ……！」

まるで言葉を奪うように烈しい律動を再開されて、フィオラは喘《あえ》ぐ事しかできなかった。見上げてみればセインはもういつもの調子を取り戻していて、これ以上、なにを言っても聞いてくれなさそうな雰囲気を醸《かも》し出している。

だから仕方なくセインの首に抱きつき、振り落とされそうなほど烈しい律動についていくと、腰の奥から甘く蕩けるような感覚が湧き上がってきた。

「あ、あぁ……あっ、あ、あン、あっ……！」

熱い楔で媚壁を擦り上げられたかと思うと最奥を何度もつつかれ、また媚壁を捏ねながらギリギリまで出ていくのを繰り返されているうちに、腰にわだかまった甘い感覚がどんどん強くなる。

意図せず媚壁がセインを吸い込むように締めつけると、フィオラの真上で息を弾ませているセインが感じ入ったように息を凝らす。

「あぁ、ん……セインお兄様ぁ……」

「……フィオラ……ッ…」

自分の身体でセインも気持ちよくなっているのがわかった途端、あれほどいやがっていたというのに悦びが湧き上がってきて、逞しい首に抱きつくと、あとは言葉もなく烈しい律動を繰り返された。

「あン……！　ん、ふ……ぁ、あっ、あぁっ、あっ……！」

セインが挑んでくる度にフィオラの声も歌うように高くなり、堪えきれずに逞しい腰に脚を絡めると、さらに深い快感を覚えた。

粘ついた音をたてながら抜き挿しを繰り返されるのがものすごく好い。

抱きついている指先まで痺れるほどの快美な刺激に、フィオラは深い絶頂の波が押し寄せてくるのを感じた。

小さな乳首も尖りきり、抜き挿しを繰り返すセインの灼熱の楔を、身体が勝手に吸い込むように締めつけた時、その狭い中を擦り上げるように最奥をつつかれて、フィオラは堪えきれずに達してしまった。

「あぁあぁぁ……っ……ぁ……！　や、あっ……！」

全身が強ばり、中にいるセインを何度も何度も締めつけて達すると、セインもびくびくっと震えて熱い飛沫を浴びせてきた。

「ぁ……ん……」

腰を摑まれては何度か穿たれ、断続的に熱を浴びせられる度に小さな絶頂を感じ、フィオラはセインに抱きつきながら身体をひくん、ひくん、と跳ねさせた。

その間、セインは息を弾ませていたが、落ち着いた頃合いを見て一気に引き抜く。

その仕草にすら感じて、ぞくん、と肩を竦めているうちに、セインはベッドに倒れ込むように寝転がった。

しかしフィオラを抱き寄せてはくれず、くちづけすらしてくれなかった。

「セインお兄様……」

それがなんだか寂しくて、フィオラは温もりを求めるようにセインに擦り寄った。

振り払われはしなかったものの、やはり抱き寄せてはくれない。

結婚初夜だというのに、愛を確かめ合うというより、ただ子を成す為だけの行為に思えて、少し寂しくなってしまった。

しかし当初から愛を囁かれていないのだから、それも当たり前なのかもしれない。

(そうよね、セインお兄様は国の為に私と結婚しただけなのだし)

そう思うと肌を重ね合わせているというのに、まるで独り寝をしているような虚しさが込み上げてきて、フィオラは口唇を噛みしめた。

(やっぱりセインお兄様は私を愛してはいないのだわ……)

自覚していたが、こうもわかりやすく態度で示されると悲しくなった。

それでもフィオラはセインに擦り寄って、静かに眼を閉じた。

◇◇◇

小鳥の美しい囀《さえず》りに目をうっすらと開くと、そこにはもうセインの姿はなく、フィオラは一人ベッドに取り残されていた。

怠《だる》い身体を起こしてみれば、ベッドの下には無残に切り裂かれたネグリジェが落ちていて、昨夜の出来事がまざまざと思い出され、フィオラは羞恥と虚しさの両方を味わった。

（セインお兄様はなぜ……）

愛のない結婚をしたというのに、肌を重ねようとするのだろうか？

結婚をしたからには子を成さなければいけない事はわかっているが、だとしても、どうしてフィオラを快楽の淵《ふち》へ追いやるような抱き方をするのだろう？

ただ子を成す為だけなら、なにもあそこまで身体を執拗に弄らなくてもいいと思うのに、セインはまるでフィオラの身体を隅々まで知りたいとでもいうように挑んできた。

（もしかしてセインお兄様も私を愛してくださっている……？）

一瞬そう思ったものの、フィオラは首を緩く振る事で自分の考えを否定した。

セインは事の最中に、国を乗っ取ったと言っていた。

お気楽な女王だと、ばかにしたように言われた事も覚えている。

なのに愛されていると思うなんて、ばかげているにもほどがある。

きっとセインは己の欲望を満たす為に、フィオラをも快楽へ導いているに違いない。

(そうよ、ね……？　長年振り向いてもくれなかったセインお兄様が、肌を何度か重ねただけで、私を愛していると思うなんて、ばかげているわ)

そう思うと心に風穴が開いたような虚しさを感じたが、きっとそれが現実なのだろう。

セインは政治的な目的でフィオラと結婚しただけで、そこに愛はない。

なのに呆れた事に、自分はまだセインを愛している。

その事が滑稽に思えたが、長年セインだけを愛し続けていた気持ちをすぐに切り替える事などできなくて、フィオラは重いため息をついた。

(これからいったいどうしたらいいのかしら……)

愛しているセインと結婚できたのだから素直に喜んでいいのか、それとも愛のない結婚だと割り切って、セインと必要最低限に接していけばいいのか——。

しかし心から愛しているセインを前に、割り切って接する事などできる自信がなかった。

物心ついた時から、セインだけを愛していたのだ。

なのにせっかく結婚できたのに、冷たくされたら悲しくなってしまうに違いない。

(どうしたらセインお兄様に愛して戴けるのかしら……？)

セインの言うとおりにおとなしく、言う事を聞いていればいいのだろうか？

しかしそれでは、フィオラが望んでいた結婚とはほど遠すぎる。

お互いに愛し合い、夫婦として尊敬できる関係を築いていきたいと思うのは、我が儘な願いなのだろうか？

やはり一国の女王として、国民の生活を守る為に、自分の心を殺してでもセインとの結婚を続けていくのが順当な判断なのか――。

(そうよね……私はもう王女じゃなくて、一国を守る女王となったんですもの。自分の気持ちを優先する事なんてもってのほかだわ)

とは思うものの、セインへの恋心が消える訳もなく、心がずぶずぶと沈んでいく。

国の為とはいえ、愛する人と愛のない結婚生活を送る事の、なんと虚しい事か。

しかしそれでも城内の人々や、国民の前では幸せな振りを続けなければいけない。

それを世間知らずな自分にやってのけられるか不安はあったものの、演じ続けなければいけないのだ。

そう思うと事の重大さに押し潰されそうな気分になったが、フィオラは微《かす》かな希望も同時に見出した。

（そうよ、せっかくセインお兄様と結婚できたのですもの。私は私らしくセインお兄様を愛していればいいんだわ）

そうしたらきっと、いつかはセインも心を開いてくれる日が来るかもしれない。

ないに等しい微かな可能性だが、フィオラはそこに懸けてみたいと思った。

（結婚したばかりですもの。焦らずにセインお兄様に心を砕けばいいんだわ）

そう思う事でフィオラは心を強くしてベッドから離れ、寝室の奥にある浴室へと向かい、頭からシャワーを浴びた。

温かい湯を浴びるだけでも心が癒されていくようで、薔薇の香りがする石鹸で身体を洗っていったのだが――。

（……まだ、セインお兄様が入っているみたい……）

薄い腹をさすってみると微かに違和感があり、フィオラは頬をほんのりと染めた。

それほどまでに烈しくセインに求められた記憶が、まざまざと思い出される。

愛されてはいなくとも、少なくともこの身体だけは、気に入ってもらえているのだ。

そう思えば身体を洗うのも入念になり、フィオラは身体の隅々まで丁寧に洗い上げ、温かな湯を浴びて泡を洗い流し、バスローブに身を包んで浴室から出た。

するとそこには側付きのアニーナの姿があり、フィオラを見るなりにっこりと微笑む。

「おはようございます、フィオラ様。念願だったセイン総統とのご成婚、改めてお祝い申し上げます」

「どうもありがとう」

複雑な気持ちを隠しつつ、フィオラは笑顔で応えた。

長年、側付きの女官長をしているアニーナは、フィオラがずっとセインに恋心を抱いていた事を、誰よりもよく知っている。

だから心から喜んでくれているのがわかり、ますますこの結婚を憂鬱《ゆううつ》なものとして捉えている事を悟られる訳にはいかなかった。

アニーナに気づかれるようでは、城内の人々や国民を欺《あざむ》く事などできないに違いない。

そう心に念じて、いつもと変わりなくいようとしたのだが、アニーナが引き裂かれたネグリジェを手にしている事に気づき、フィオラは赤面した。

「そ、それは……」

「大丈夫でございますわ、心得ております。私が責任を持って処分いたします。それにしても……セイン総統はよほどフィオラ様にご執心なのですね」

クスクス笑いながら言われて、フィオラは言葉に詰まった。

引き裂かれたネグリジェも、端《はた》から見れば初夜を待ちきれなかったセインによるものに見えるのだろうか？

どちらにしても昨夜の情事を知られている気恥ずかしさに、フィオラがなにも応えられずにいると、アニーナはにっこりと微笑み、フィオラを鏡台に着かせた。

「さぁ、セイン総統がもっと恋をしてしまうくらい、美しく仕立ててみせますわ。まずは肌を整えて髪を綺麗に梳《と》かしましょう」

「……もっと恋をしてしまうくらい……」

セインがフィオラに恋をしていると思い込んでいるアニーナに、フィオラは思わず長い睫《まつげ》毛を伏せた。

恋焦がれているのはむしろ自分のほうで、セインはフィオラをなんとも思っていない。なのに端から見たら、セインが自分を愛しているように見えるのだ。

そう見えるように仕掛けているセインの巧妙さを思い知って、フィオラも仲睦《なかむつ》まじい夫婦を演じ続けなければいけないと改めて思った。

「……初恋の人と結ばれるなんて、私は幸せね」

「そうですとも。昨日のパレードを見た民衆や、晩餐会の席では、貴族の面々がお二人の仲睦まじいお姿を見て、これでランディーヌ王国は安泰だと噂しておりましたもの」

「もうそんな噂が？」

驚いて鏡越しにアニーナを凝視めると、笑顔で頷かれた。

当の本人は幸せではないものの、この結婚で国民が喜んでいる事を改めて思い知って、フィオラは心を引き締めた。

もうなにがあってもセインと幸せな振りを続けなければ、どんな噂が立つかわからない。少しでも不仲説が流れたら、国民も不安がるだろうし、なにより敵国フィランダが攻め入ってくる機会を与えてしまうかもしれない。

だとしたら愛のない結婚でも、自分は自分なりにセインを愛していかなければ。

とはいっても、どう接していけばいいのか、今はまだわからなかった。

「セインお兄様はどちらに？」

「もう既に朝食を済まされて、執務室で政務を執《と》り行っておりますわ」

「ならば私も急がないと」

女王となったのだから、セインと一緒に政務をこなさなければと思ったのだが、急いで立ち上がろうとしたところをアニーナに引き留められた。

「政務は今後、セイン総統と青の大天使が執り行うとの事です。フィオラ様は今までどおりの生活を送るようにとの言伝《ことづて》を承《うけたまわ》りました」

「私は政務に関われないというの!?」

「そういう事ではないと思います。セイン総統はきっと、フィオラ様を愛しているからこそ、表舞台へ立たれてお疲れになる事を心配されているのです」

「けれど……！」

確かに国を乗っ取ったと言われたが、表舞台に立たせてさえくれないなんて、それでは本当にお飾りの女王そのものだ。

「ひどいわ、私を置き去りに政治を執り行うなんて……！」

「昨日の今日でお疲れのフィオラ様を気遣われているのですわ。国賓がいらっしゃった時や、大きな催し物がある時には女王となったフィオラ様も駆り出される筈です」

「けれど……」

このままでは本当に、セイン率いる青の大天使に国を乗っ取られてしまうかもしれない。

そうしてフィオラなど必要がなくなるほど民衆の支持を得たら、セインは自分をいったいどうするつもりだろう？

そう思うと不安ばかりが湧き上がってきてアニーナを振り返ったが、困ったように微笑むばかりで。

「政治は男性に任せて普段どおりにお過ごしになるほうが、フィオラ様の負担が少なくて私も賛成でございます」

最も信頼しているアニーナに諭《さと》されて、フィオラは椅子に深く沈み込んだ。

確かに帝王学の勉強をしてきた訳でもなく、蝶《ちょう》よ花よと大切に育てられてきたフィオラが、いきなり政務を任せられても、戸惑う事のほうが多いだろう。

そんな状態では家臣がついてきてくれる筈もなく、国家に綻《ほころ》びができてしまう。

そこを敵国フィランダに突かれたら、いくら大国のランディーヌでも、あっという間に占領されてしまうかもしれない。

だとしたら、自分の身になにが起きようと、政治はセイン達に任せるしかない。

たとえセインに形だけ愛されている振りをされて捨て置かれても、国民を守る為なら致し方ない選択だ。

「わかったわ。私は普段どおりに過ごして、呼ばれた時にだけ女王として振る舞うわ」

「そのほうがよろしいですわ。さぁ、髪も綺麗に梳かしました。着替えを済ませて朝食にいたしましょう」

ホッとしたように微笑まれて、フィオラは椅子から立ち上がった。

そうしてアニーナが衣装部屋から持ってきたドレスに身を包み、おとなしく食堂へと向かったが、渡り廊下から見える青い薔薇の花園を見てもフィオラの心が晴れる事はなく、こっそりとため息をついたのだった。

第二章　健気に咲く薔薇

庭園に咲き乱れる青い薔薇を摘みながら、フィオラはふとため息をついた。

最近ではため息をつくのがすっかり癖《くせ》になってしまった。

それというのも、フィオラが危惧していたとおり、結婚初夜を迎えてから、そろそろ二週間は経つというのに、あれ以来、セインと顔を合わせていないからだった。

フィオラはフィオラなりにセインを愛していこうと心に決めたのに、会えないのでは愛を表現する事すらできない。

父王が亡くなり国家を立て直す為に、セイン率いる青の大天使が、寝ずに政務をこなしているのだと女官長のアニーナが慰めてくれたが、早くも捨て置かれている状態に陥って、この結婚が形だけのものだという事を実感させられた気がした。

（やっぱりセインお兄様は、私には興味がないんだわ……）

国家を立て直す事は確かに大事だが、こうも放っておかれると虚しいばかりだ。

いくら愛のない結婚をしたからといっても、せめて仮眠を取る時だけでも寝室へ戻ってきてくれてもいいと思う。

（そんなふうに考えてはいけないのかしら……？）

どんな激務をこなしているのかわからないものの、国を動かすのがどれほど大変な事かわかってはいる。

なのに自分の事ばかり考えているようでは、女王として失格だろうか？

（そうよ、国を動かしているんだもの。私の事を構っていられなくても当たり前よね）

とは思うが、これでは結婚前となんら変わり映えしない生活を送っているも同然だ。

国の情勢が落ち着くまでとはいえ、このままセインと寝室を別にしていたら、いつしかそれが当たり前となってしまうかもしれない。

元々、愛のない結婚をしたとはいえ、国の情勢が落ち着くまでは、フィオラと仲睦まじい姿を、国の内外に知らしめるほうが得策だと思うのだが――。

（そうだわ、セインお兄様がいらっしゃらないのなら、私が動けばいいんだわ）

形だけでも愛し合っている風を装《よそお》う――というより、フィオラは本気で愛しているのだから、差し入れを持って執務室へ行っても、セイン率いる青の大天使以外は、誰も咎《とが》める事はない筈。

それに差し入れを持って行く姿を城内の人々が見れば、二人が愛し合っている事がわかって、みんなも安心する事だろう。

（セインお兄様が好きだったマシュールを作ったら、喜んでくれるかしら？）

マシュールとはランディーヌ王国の伝統菓子で、ふわふわの甘くないケーキにクリームチーズが入っていて、季節のフルーツが鏤《ちりば》められた、蜂蜜《はちみつ》をたっぷりとかけて食べる食事に近い食べ応えのある焼き菓子だ。

まだセインと仲が良かった頃は、お茶の時間によく一緒に食べたものだった。

（そうとなったら早く焼かないと）

なんだか素晴らしい計画を思いついた気分になって、フィオラは久しぶりに本当の笑顔を浮かべた。

「アニーナ、アニーナはいない？」

「はい、ここに」

薔薇を抱えて宮殿へ戻りアニーナを見つけると、フィオラは薔薇の花束を渡して、ふんわりと微笑んだ。

「これからマシュールを作って、セインお兄様へ差し入れしようと思うの」

「まぁ、それはいい考えですね。きっとセイン総統も喜ばれますわ」

「そう思う？　喜んでもらえるかしら」

「もちろんですとも。それでは急いでエプロンドレスにお召し替えいたしましょう」

アニーナも賛成してくれた事が自信に繋がり、フィオラは素直にエプロンドレスへと着替え、宮殿内の調理室へと向かった。

調理室には女性の料理長と料理人が五名控えていて、フィオラが姿を現すと、みんなにこやかに出迎えてくれる。

「フィオラ様、本日はなにをお作りになるのですか？」

「セインお兄様……いえ、セインにマシュールを作ろうと思うの」

「では材料を揃えますので、しばらくお待ちください」

料理長が恭しくお辞儀をして料理人へ指示を出し、お菓子作りが好きなフィオラ専用の調理台へと、必要な材料を用意してくれた。

「本日は新鮮なストロベリーがございますので、そちらを鏤めると良いと思います」

「どうもありがとう、そうするわ」

そうしてフィオラはさっそく小麦粉や卵、ミルクやバター、それにクリームチーズを使って生地作りをすると、慣れた手つきで丸いケーキ型に生地を流し込み、オーブンで焼く。

焼けるのを待っている間にストロベリーを食べやすい大きさに切り、蜂蜜を用意していると、美味しそうな香りがしてきて、いよいよ焼き上がった。

「アニーナ、盛りつけを手伝って」

「かしこまりました」

青の大天使の分も焼いたフィオラは、アニーナに盛りつけを手伝ってもらい、大きなバスケットにマシュールと蜂蜜が入った瓶《びん》を詰め込んだ。

「片付けは私がしておきますので、どうぞセイン総統に焼きたてを差し入れてください」

「どうもありがとう、そうするわ」

大きなバスケットは少し重たかったが、焼きたてのほうが断然美味しい事もあり、片付けはアニーナに任せて調理室をあとにした。

そして渡り廊下をしずしずと歩いていき、王宮の執務室へと向かう。

途中、マシュールの甘い香りを漂わせて歩くフィオラを見て、新たにセインが定めた大臣達と何人かすれ違ったが、執務室へと向かう姿を微笑ましい瞳で見送ってくれた。

きっと大臣達には、セインへ差し入れを持って行くほど仲が良い事が伝わっただろう。

しかし執務室へと近づくにつれ、胸がドキドキとしてきた。

差し入れをするのはいい思いつきだと思ったが、いざ持って行く段階になって、不安が胸を襲う。

忙しいさなかにお菓子など食べる時間はないと、冷たく拒絶されるかもしれない。

それとも執務室の前で警護《けいご》をしている衛兵に、自分が来た事を伝えてもらっても、忙しいからと入室さえ許されないかもしれない。

そう思うと足が竦みそうになったが、それでも引き返す訳にもいかず執務室までやって来ると、扉の前で警護をしている衛兵がフィオラに敬礼をする。

「差し入れを持ってきました。入室の許可を取ってきてください」

フィオラが伝えると、一人の衛兵が再び敬礼をして執務室へと入室した。

そしてすぐに戻ってくると、両開きの扉を開けて最敬礼をする。つまりセインから入室の許可が下りたという事だ。

冷たくあしらわれるかと思ったが、意外にも入室の許可が下りて、些《いささ》か拍子抜けしてしまった。それでもフィオラはそれをおくびにも出さずに、執務室へと足を踏み入れた。

「お仕事中に失礼します。差し入れを持ってきました」

「やぁ、これはマシュールの香りだな」

「女王手ずからの差し入れとは嬉しいね」

「さぁ、こちらへフィオラ女王」

広い執務室の中央には、フィオラが眠るベッドと同じくらい大きな執務机があり、その机を囲むようにして青の大天使達が歓迎するムードで声をかけてきた。

しかし執務机の一番奥に座るセインだけは渋い顔をしていて、フィオラを一瞥《いちべつ》しただけで声すらかけてくれなかった。

「……お邪魔でしたら、差し入れだけ置いて宮殿へ戻ります」

「そんな事を言わずにこちらへどうぞ、フィオラ女王」

すぐにでもバスケットを置いて退室しようとしたが、カイユやミケーレ、ローレンスに引き留められるようにして、椅子へと座らせられた。

「あ、あの……」

青の大天使達は快く迎え入れてくれたが、肝心のセインが不機嫌になってしまったのでは意味がない。

差し入れするという名目で会いに来たが、やはり来るべきではなかったのだ。

そう思うと後悔が胸に押し寄せてきて、いたたまれない気持ちになった。

それでもセインをおずおずと凝視めていると、あからさまなため息をつかれて――。

「女王からのせっかくの厚意だ。会議はひとまず休憩にしよう」

「さすがセイン総統。そうこなくっちゃ」

「マシュールに合うお茶を淹《い》れよう」

カイユが席を立ってサイドボードに用意されてある茶器へと向かうのを見て、フィオラも慌てて席を立った。

不機嫌ながらもセインが休憩を取ると言ってくれたのが嬉しくて、なにかみんなの為にしてあげたい気持ちになったのだが——。

「私がお茶を淹れます」

「女王自らお茶を淹れる事はないですよ。カイユに任せておけばいい」

「あいつはお茶にうるさくて、自分の淹れたお茶が一番だと思っていますから」

両側にいるミケーレとローレンスに席へと戻されてしまい、フィオラは仕方なくバスケットに入っているマシュールを取り出す事にした。

慎重に歩いてきたおかげで盛りつけの形が崩れずにいた事にホッとして、マシュールの載ったプレートを取り出すと、青の大天使から歓声があがる。

「これは美味しそうだ」

「久しぶりに焼いたから、味は保証しないけれど」

「フィオラ女王の手作りとは光栄ですね。これは心して食べないと」

たとえお世辞でも喜んでもらえて、フィオラはふんわりと微笑んだ。

しかしセインはローレンスが手渡したプレートを受け取っても、相変わらず不機嫌な顔をしていて、それを見た途端に笑顔も消えてしまった。

忙しく政務をこなしているセインを少しでも癒したくて焼いたのに、一番喜んでほしいセインが不機嫌では持ってきた甲斐もない。

(政務のお邪魔をして怒っているのかしら……?)

そう思うとますます身の置き所がなくなって、一刻も早くこの場から立ち去ろうと思ったのだが——。

「あ、あの……それでは私はこれで……」

「おっと。せっかくセイン総統に会いに来たのでしょう?」

「オレ達が席を外しますから、どうぞごゆっくりしてください」

「そ、そんなっ……ちが……違いますっ……」

図星を突かれて思わず声を荒らげたが、真っ赤な顔で否定しても青の大天使達に笑われるだけだった。

「セイン総統に会いたいと顔に書いてありますよ」

「え……?」

思わず顔に手をやると、青の大天使達にますます笑われてしまった。からかわれたのがわかって、つい恨みがましい目つきで見上げると、ミケーレに子供扱いされて頭を撫でられる。

「オレ達は別室で休憩をします」

「遠慮なさらず二人きりでお過ごしください」

「セイン総統もオレ達がいたら素直になれないみたいだしね？」

ローレンスが悪戯っぽく言うと、セインはその視線だけで射殺しそうな目つきで睨んでいたが、青の大天使達はおもしろそうに笑いながら別室へ去ってしまった。

そうして二人きりとなった途端、執務室はシン、と静まりかえり、フィオラはいたたまれずに身を縮めて俯いていたのだが——。

「……どうしてここへ来た？」

「え……」

ため息交じりに言われて思わず顔を上げると、セインは冷たい目つきでフィオラを凝視めていた。

怒っている事は入室した瞬間からわかっていたが、二人きりになってみると執務室の静けさも手伝って、威圧的なセインに返事をする事すらできなかった。

しかしそれがセインの怒りをさらに買ったようで、より冷たく見据えられてしまい、フィオラは長い睫毛を伏せた。

やはり来るべきではなかったのだ。それをまざまざと思い知らされて、大きな瞳が潤んでくると、セインはまた同じ質問を繰り返す。

「どうしてここへ来たかと訊いている」

「……セ、セインお兄様に会いたいと思ってはいけませんでした、か……？」

今度答えなかったら追い出されてしまうかもしれない。そう思って素直な気持ちを口にしながらおずおずと見上げると、まるで奇妙な物を見るような目つきで凝視め返された。

しかしそれも一瞬の事で、セインはすぐにいつもの不遜な表情を浮かべ、おもしろそうにフィオラを凝視めてきた。

「オレに会いたかっただと？」

「……はぃ……」

その気持ちに嘘偽りはなく素直に頷くと、セインはおもむろに席を立ち、フィオラの元へと近づいてきた。

ただ素直な気持ちを認めただけなのに、なにか逆鱗《げきりん》に触れてしまったのかと、近づくセインを見上げて身を固くした。

するとセインはそんなフィオラの耳許に顔を寄せてきて――。

「そんなにオレの身体が恋しかったのか？」

「なっ……」

甘いバリトンで囁かれた言葉が信じられず、フィオラは一瞬にして固まってしまった。

しかし誤解されたままなのは心外で、顔を赤く熟れさせながらも首を横に振りたてた。

「ち、違いますっ。ただセインお兄様と少しでもお話がしたかっただけです！」

「ならばもう話しただろう。このまま宮殿へ戻ればいい」

「そんな……」

確かに会話はしたものの、ほんの一瞬の事だ。お互いの近況を伝えてもいないのに、ほんの少し話しただけで宮殿へ戻るように言うなんて、あまりにもひどすぎる。

あまりの冷たい仕打ちに思わず涙目で見上げると、セインはふと冷笑を浮かべ、そんなフィオラを背後から抱きしめた。

「セ、セインお兄様……!?」

宮殿へ戻ればいい、と言い放ちながらも逞しい胸に抱き留められて、フィオラはどうしていいのかわからずに、セインに抱きしめられたままでいると、耳朶《じだ》に口唇を寄せられて、ぞくん、と肩を竦めた。

「男しかいない部屋に甘い香りを振りまいて、誘惑するなんて悪い女王だ」

「誘惑だなんて……マシュールを持って来ただけです」

「マシュールの香りじゃない。フィオラ自身が放つ甘い香りのおかげで、みんな骨抜きになって、会議もなにもあったものじゃない」

「ぁ……」

言いながら項《うなじ》にくちづけられて、フィオラはぞくん、と肩を竦めた。

そんな自覚はなかったが、何日も男性だけで執務室に詰めていたところへ、薔薇の石鹸の香りを漂わせている自分が来た事で、緊張が緩んでしまったのだろうか？

「決してお邪魔をするつもりはありませんでした……」

「だが、フィオラが放つ甘い香りのせいで、結果的に会議は中断だ。その責任を取ってもらおうか」

「……どうやって償《つぐな》えばいいのでしょうか？」

ハニーブロンドの髪に顔を埋めて、香りをかいでいる気配が伝わってくる。

その事に羞恥を覚えながらもおずおずと質問すると、フィオラの身体を抱き留めているセインの手が張り出した乳房をエプロンドレス越しに摑んできた。

「あぁ……！　セインお兄様、なに……なにを……」

「償うつもりがあるのなら、その身体で償ってもらおうか」

「そんな……！　王宮の執務室といえば国を動かす中枢《ちゆうすう》です。そんな場所で淫らな事をするなんて、もってのほか……」

「黙れ」

たったひと言で黙らせられたかと思うと、顎を摑まれて無理な体勢でくちづけを受けた。

「んぅ……！」

息すら奪うほどの烈しいキスに怯えて身体を捩ろうとしたが、抱きしめられた体勢では逃げようにも逃げられず、くちづけを諾々《だくだく》と受け容れた。

そのうちに僅かに開いた口唇を舐められたかと思うと、舌が潜り込んできて怯えるフィオラのそれを搦《から》め捕る。

「……っ……!?」

くちづけが深くなるにつれ、フィオラは驚愕に身体を強ばらせた。

ただ口唇を触れ合わせるだけなのがくちづけだと思っていたのに、舌と舌を絡め合わせるなんて、フィオラの想像していたキスとはほど遠い。

しかもざらりとした舌を擦り合わせると、なんとも言えず心地好くて、指先まで痺れるような感覚がした。

「んふっ……ん……んぅっ……！」

ついうっとりとキスに酔いしれてしまいそうになったが、ここは国の中枢の執務室。

そんな場所でセインから、淫らすぎるくちづけを受けているのだ。

そう思ったら抵抗をしなければいけない気がして、フィオラは拘束された身体を捩ってみたが、フィオラが抵抗すればするほど、セインは舌を吸ったり舐めたりして、抵抗をもぎ取ろうとする。

そのうちに抵抗する力すらなくなって、身体から自然と力が抜けると、セインはさらに濃密なキスを仕掛けてきた。

「ぁ……ん、んん……」

大胆なのに繊細《せんさい》な動きをする舌が、口腔をくすぐるように舐めてきて、怯えて縮こまるフィオラの舌を搦め捕り、ねっとりと絡めてから思いきり吸ってくる。

そんなキスを繰り返されているうちに背筋に甘い痺れが走って、フィオラはいつしかそのキスに翻弄され、セインについていくのがやっと、という状態に陥った。

ともすればそのくちづけだけで気を遣ってしまいそうなほど官能に触れ、セインの舌がひらめく度に、身体が意図せずぴくん、ぴくん、と跳ねてしまう。

「はぁ……ん……んっ……」

キスだけでこんなにも気持ちがよくなるなんて、知らなかった。

それに身体が溶けてしまいそうなほど力が抜けてしまって、逞しい胸に身体を預けると、セインはおもむろにエプロンドレスの前当ての中に手を潜り込ませた。

「んっ……！」

抵抗しようとしたが、とうに力の抜けた身体はただぴくりと跳ねただけで、その間にセインはドレスのボタンをひとつ、ふたつ、と外していく。

（あぁ……）

フィオラが抵抗できずにいるうちに、セインはウエストまで留まっていたボタンをすべて外してしまった。

そして少し乱暴に袖を抜かれたかと思うと、薄いエプロンだけを着けているという淫らな格好にさせられた。

しかもフィオラの豊満な乳房はエプロンでは隠しきれず、フリルからはみ出し、薄桃色の乳首が見え隠れしているという、なんとも扇情的《せんじょうてき》な姿にされて――。

「ぁン……！」

フリルの上からまだ柔らかな乳首をなぞられて、フィオラは蕩けそうな声をあげた。

爪の先で擦られると、張りのあるコットンの感触が響いて、ものすごく好い。

薄桃色の乳首もあっという間に尖ってしまい、そこをまたコットンの上から擦られると、どうしようもなく感じて――。

「あん、んっ……だめ、だめぇ……セインお兄様ぁ……」

「なにがだめなんだ、淫らなフィオラ……爪の先で少し弄っただけで、ここをこんなに尖らせておいて」

「あんん……あっ、あ……」

ここを、と言いながらフリルの上から乳首をなぞられて、そのあまりの気持ちよさに蕩けきった声をあげてしまった。

するとセインはニヤリと笑い、淫らに尖った乳首を指先で摘まんでは引っぱる遊戯《ゆうぎ》を繰り返した。

「あん、んっ……いや、いやぁ……！」

「なにがいやなものか。二週間も放っておいたのに、いつの間にか乳首で感じるようになって。オレの居ぬ間にここを誰かに弄らせたのか？」

「あぁ、そんな……そんな淫らな事はしていません……」

指先で乳首をつつきながら訊かれて、フィオラはとんでもないとばかりに首をふるりと横に振った。

愛するセイン以外の男性に触れられる事を想像するだけでも、とり肌が立ちそうだ。なのにセインは疑わしげにアメジストの瞳を眇め、乳首をきゅうぅっと摘まむ。

「あン……セインお兄様、ぃたい……」

「痛くない。他の男に弄らせてないか調べてるんだ。少しおとなしくしてろ」

「そんな……ぁ……あっ……！」

小さな乳首を摘まみ上げられ、指の先でくりくりと擦りたてられると、腰の奥から甘い疼きが湧き上がってくる。

堪らずに背を仰け反らせると胸を突き出すような体勢になり、双つの大きな乳房がエプロンからぽろりとまろび出る。

「あぁ……」

その淫らな光景に目眩を起こしそうなほどの羞恥を感じたが、セインは耳許でクスリと笑い、乳房を下から掬い上げるようにして揉みしだきながら、乳首をまあるく撫でるのだ。

「見てみろ、淫らな色に染まってきた……男子禁制の宮殿へいったいどんな男を連れ込んで、この淫らな乳房を揉ませてやったんだ？」

「いや、いや……セインお兄様だけです……ん、ぁ……私にこんな淫らな事をするのは、セインお兄様しかいません……！」

「ならばどうしてこんなに敏感なんだ？　ほら、フィオラの乳首はオレの指を押し返すほど尖っているぞ？」

「いやぁん……！　あっ、あっ……そんなにしたらだめぇ……」

淫らな桃色に染まった乳首を軽く押し潰すように何度も何度も刺激され、乳首が痛いほどに凝り始めた。

思わず背を仰け反らせると、乳房を掬い上げた状態で尖りきった乳首を指先で摘まみ上げられた。

「あぁ……あ、ん……ん、んふ……ぁ、あっ……あ……！」

凝った乳首を指先で軽く摘ままれると、痛いほどに尖っていた乳首が解《ほぐ》されるようで、得も言われぬほど気持ちいい。

意地悪をされているというのに、感じてしまう自分に嫌気が差したが、初心な身体はセインに触れられるだけで敏感に反応してしまう。

「なんて声をあげるんだ、淫らなフィオラ……たった二度抱いただけでこんなに感じるなんて、ますます疑わしいな」

「あん……いや、本当にセインお兄様にしか触れさせていません……」

「誓えるか？」

「はぃ……神様に誓って嘘などつきません」

胸を上下させながらもセインを振り返り、真実を伝えようとすると、目尻に溜まった涙を舌で舐め取られた。

「んっ……」

頬から目尻に向かって舐められただけでも感じてしまって、ぞくん、と肩を竦めたが、
それでもセインを凝視めていると、目を眇めたセインはおもむろに執務机に手を伸ばした。

思わず視線で追うと、セインは執務机に置いてある大理石のペン立てから羽根ペンを手
にして、フィオラの頬をそれでそっと撫でた。

「あ、ん……」

翼の形をした羽根ペンの先端は、芯《しん》があるのに柔らかく、そっとくすぐられるだけでも
まるで舐められたようになめらかで、肌にしっとりと吸いつくようだった。

触れるか触れないか、というところで頬をくすぐられるだけでも、背筋がゾクゾクと甘
く痺れて思わず顔を背けると、セインは首筋を羽根ペンでじっくりと撫で下ろしていく。

「いや……セインお兄様、くすぐったいわ……」

「くすぐったいだけではないだろう」

「あぁ……！」

断定的に言われたかと思うと、今度は首筋をそっと撫で上げられて、思わず蕩けきった声をあげてしまった。

それを聞いたセインはクスクス笑いながら、首筋から鎖骨《さこつ》の窪みをじっくりと撫で下ろし、羽根ペンの先で窪みをまあるく撫でた。

「これで乳首をくすぐったら、フィオラはどうなってしまうんだろうな？」

「あン……ぃや、いや……そんな事をしてはいやぁ……」

なめらかな羽根の先の感触とセインの言葉を聞いただけでも、乳首が早くもツン、と尖ってしまった。

ただでさえ敏感になっている乳首を羽根ペンでくすぐられたら、きっと淫らに悶《もだ》えてしまうに違いない。

「他の男に触れさせていないと誓うならば、この羽根ペンで徹底的に調べてやる」

「いや、いやぁ……執務に使うお道具で、そんなに淫らな事をしないでください」

双つの乳房が揺れてしまうほど身体を捩って抵抗を試みたが、セインはすっかりそのつもりになっていて、羽根ペンの先をジリジリと胸へと下ろしていく。

政務に必要な書類にサインをする為の大事な羽根ペンを、淫らな行為に使うなど、初心《うぶ》なフィオラには考えられなかった。

なのにセインは愉しげに、羽根ペンでミルク色の乳房の輪郭《りんかく》をなぞり始めた。

「あぁん……！　だめ、だめ……やめて、セインお兄様ぁ……」

「そのワリには早く触れて欲しそうに尖っているじゃないか」

「あぁン……！」

ゆっくりと円を描くように羽根ペンを動かしていたセインは、じっくりと焦らすようにしながらも、桃色に染まった乳暈《にゅううん》を羽根の先でなぞり、それから徐々に円を狭めて乳首をぐるりとなぞった。

「あ……あっ、あぁっ……ん、んぅっ……そんなにしたらだめぇ……！」

乳首に触れられるまで見ていたせいか、触れられた途端に達しそうなほど感じてしまって、フィオラは背筋を弓形に反らせた。

一本に見える羽根の先は、乳首にそっと触れると、まるで獣の毛のように細い毛先が絡みついてくる。

それが舐めるようにくすぐってくるのが堪らなく好くて、セインが羽根ペンを動かす度に甘い声が洩れた。

政務に使う大切な羽根ペンで愛撫されているというのに、感じてしまっている自分が信じられない。

しかしフィオラがどんなに我慢しようとも、なめらかな羽根が乳首をそっとくすぐってくると、乳首から快感の波紋が広がって、身体が淫らに波打ってしまうのだ。

「あぁ……セインお兄様ぁ……やめて、もうやめてぇ……！」

「なにをやめてほしいんだ？　フィオラはどこが敏感なのか言ってみろ」

「んんんっ……ぁ、そんな……」

言葉にする事などできないと、首を緩く振って凝視めたが、フィオラの気持ちなどわかっているだろうに、セインはあからさまなため息をつく。

「言えないのならこのままだ」

「あぁぁん……いや、いやぁ……！」

「ならば言えるだろう？」

ニヤリと笑ったセインに耳朶を噛まれて、フィオラはぞくん、と肩を竦めながらも、淫らな色に染まりきって、尖る乳首を凝視めた。

もしも恥ずかしい言葉を口にしても、セインは呆れないだろうか？

不安になって凝視めたが、セインは愉しげに目を細めてはまた乳首を羽根ペンの先でくすぐってくる。

「あん、んっ……ぁ、あっ……」

羽根の先がゆらゆらと揺れる度に甘やかな快感が走って、秘所も疼き始めてしまった。

こっそりと脚を擦り合わせると濡れた感触がして、あまりの羞恥に顔を両手で覆った。

セインはフィオラが淫らな言葉を口にするまで、きっとこの羽根ペンを使った愛撫を続けるつもりなのだ。

それを肌で感じたフィオラは顔を真っ赤に熟れさせながらも、覚悟を決めて震える口唇を僅かに開いた。

そして――。

「あん……セインお兄様ぁ……フィオラの乳首は敏感なんです……だから羽根ペンでくすぐらないでくださぃ……」

最後の方は声が小さくなってしまったが、セインが望むであろう淫らな言葉を口にした。

その途端に羞恥で涙が溢れると、セインはそれを舐め取り、そのまま耳孔に舌を挿し入れてきた。

「あんん……」

今はどこに触れられても敏感に反応してしまうほど感じ入っていて、肩を竦めてそれ以上の侵入を拒む素振りをすると、セインは息を吹きかけるようにして――。

「そんなに気持ちいいのなら、この羽根ペンでもっとくすぐってやろう。フィオラの乳首は大事な道具で達っちゃうほど敏感なんだもんな？」

「い、やぁ……！」

恥ずかしいのを堪えて言ったのに、セインは言葉を巧みに操りフィオラを追い詰め、羽根ペンを絶妙な距離で小刻みに動かした。

「あぁん……だめ、だ、めぇ……！」

それがあまりに気持ちよくて、乳房を突き出すように自然と仰け反ってしまう。

そこをまた羽根をサッと動かして乳首をくすぐられ、どうしていいのかわからずに、身体を捩らせた。

「んんん……もおいやぁ……！」

このままでは本当に羽根ペンで気を遣ってしまいそうで、フィオラは咄嗟に席を立とうとしたが、ウエストにまわった逞しい腕に阻止されて、逃げる事は叶わない。

しかも逃げようとしたお仕置きとばかりに、乳首を摘まみ上げられて、摘まんだ先を羽根ペンでそっと撫でられた。

「いや、いやぁ……セインお兄様、だめなの。もう本当にだめなの……」

「なにがだめなんだ？　淫らなフィオラ……」

「……っちゃう……んんん……私、胸だけで達っちゃうのぉ……！」

一度、淫らな言葉を口にしたら、あとはなし崩しだった。

素直に今の状態を伝えると、セインがニヤリと愉しげに笑う気配がして――。

「このまま淫らに達ってみせろ」

「あぁっ……セインお兄様ぁ、お願い、許してぇ……！」

「だめだ。達くまで許さない」

絶対的な言葉を浴びせられて、フィオラは身体をせつなく震わせた。

セインは本当に羽根ペンだけを使い、乳房への愛撫だけで達かせるつもりなのだ。

その事がわかって堪えようともしたが、口唇を嚙みしめてみても、乳首を羽根でくすぐられると、すぐに甘い声が口から衝《つ》いて出てしまう。

摺り合わせた脚の奥からも甘い疼きが湧き上がってきて、秘所がひくり、ひくり、と蠢くのを止められない。

「あ、ん……んんっ……あ、あっ、あぁ……！」

乳首を羽根が通り過ぎる度に、秘所が自然と息づく感覚がまた心地好い。

腰を僅かに捩ると、セインはウエストを摑む手はそのままに、乳房を羽根ペンでさらに速く擦りたてた。

「あんん……あぁ……ぃく……達くぅ……！」

「そうだ、その感覚を追って淫らに達ってみせろ……」

言われたとおりに快美な刺激を追っていくと、身体がどんどん浮き上がるような感覚がしてきた。

「あっ……あ……あっ、あっ……！」

実際に椅子から僅かに浮き上がるように腰が持ち上がり、羽根ペンで乳房をくまなく愛撫される度に、摺り合わせた脚の奥がひくひくと収縮を繰り返す。

潤みきった蜜口もなにかをのみ込みたいとせつなく締まり、媚壁がさざめくのを感じた。

「い、やぁ……もういや……私、私っ……！」

「達く時は達くと言うんだ、淫らなフィオラ……」

耳許でセインが、情欲に掠《かす》れた声で唆《そそのか》す。

それすら快感に繋がり、腰の奥から甘い疼きが湧き上がってきて——。

「あは……ん、んんっ……っく……ぃく……達くぅ……！」

右の乳首を摘まみながら、左の乳首を羽根ペンで速く擦りたてられた瞬間、ふいに絶頂の波が押し寄せてきて、フィオラは淫らな言葉を口にしながら乳房の愛撫だけで達した。

「あ。は……っ……ぁ……」

胸が烈しく上下し、全力疾走したように心臓が早鐘を打つ。

しかしそれ以上に、もう触れられていない乳首が疼いて仕方がない。

まだ羽根ペンでくすぐられているような快感が続いて、少しもジッとしていられず、フィオラは身体を淫らにくねらせた。

「ん、んや……セインお兄様ぁ……」

「どうしたフィオラ、なにもしていないのに、ずいぶんと気持ちよさそうじゃないか」

「あ、ん……胸が……もうおかしくなっちゃう……」

まだまだ快感の余韻を引きずって、乳房を突き出して身悶えるフィオラを見て、セインはおもしろそうに目を細めていたのだが――。

「……このままおかしくなればいいのに……」

「んっ……セインお兄様……?」

一瞬だけ真顔になって呟かれた言葉に首を傾げると、セインは何事もなかったかのように、フィオラを机に押しつけると、ドレスを一気に引き下ろした。

「あっ……！」

白いエプロンだけを着けた格好にさせられて、フィオラは羞恥に全身を染め上げた。

きっと背後にいるセインには、秘所がすべて見えている事だろう。

それを思うと身体が余計に火照《ほて》り、執務机がやけに冷たく感じた。

「もっと脚を大きく開いてみろ」

「は、はぃ……」

乳房を押し潰すように押さえつけられながら命令をされて、フィオラはおずおずと脚を開いていった。

「ぁ……」

その瞬間に蜜口に溜まっていた大量の愛蜜がこぽりと溢れ出て、糸を引いてたれていくのがわかった。

厳粛な執務室の絨毯を、愛蜜で汚してしまった事に背徳感があり、フィオラは目をギュッと瞑《つぶ》って身体を小刻みに震わせていた。

するとセインが背中を押さえる手はそのままに、床に跪く気配がした。

「あぁ、セインお兄様……そんなに近くで見ないで……」

あられもない場所を目と鼻の先で見られている事に羞恥を感じ、腰を執務机に押しつけるように逃げたが、セインに秘所を触れられてしまうと、あまりの心地好さにもう逃げられなくなった。

「黙れ。こんなに大量に濡らして大洪水だ」

「あ、ん……あっ、あっ……!」

背後から蜜口をそっと撫でられて、腰が溶けてしまいそうなほど感じてしまう。

くちゃくちゃと音をたてて蜜口から陰唇にかけてを何度も行き来して、その先にある秘玉をつつかれると、小さな粒はあっという間に昂奮に尖る。

そのうちにセインの指を心待ちにしてしまい、秘玉をくりくりと撫で擦られる度に蜜口がひくりと収縮して、新たな愛蜜を溢れさせた。

「あぁ、ん……あっ、あ……あ、ん……」

「フィオラはここを弄られるのが好きみたいだな。好いなら好いと言ってみろ」

「あン……！」

二本の指で秘玉を摘まれて、引っぱるように弄られた瞬間、達ってしまいそうなほどの気持ちよさに背が仰け反った。

その拍子に乳首が執務机に擦れて、乳首と秘玉で同時に快感を味わった。

「あぁ、ぃい……好い、です……あん、好いの……好い……」

包皮から剝き出しになった秘玉を指先でころころと転がされると、指紋のざらつきまでわかるようで、腰が自然と突き上がってしまう。

そのうちにセインは秘玉を弄りながらも、ひくひくと収縮する蜜口も同時に撫でてきた。

そしてたまに指を浅く入れては、中を解《ほぐ》すように掻き混ぜ、フィオラが蕩けるように甘い声をあげると、蜜口の中へ指を一気に押し込む。

「あぁん……！」

まだまだ挿入に慣れていない身体は強ばってしまったが、秘玉を撫でながら媚壁をくちゅくちゅと擦られているうちに、せつなくて甘い感覚が湧き上がってきた。

そうしてフィオラはいつしかセインの指の動きに合わせて、腰を淫らに振りたてていた。

「あん、んん……好い……好い……」

うわ言のように好いと口にする度に、身体が蕩けるほど気持ちよくなってきて、腰がどんどん突き上がる。

するとセインはおもむろに指を引き抜いて立ち上がり、執務机に縋っているフィオラに覆い被さってくる。

それと同時に秘所に熱く滾る熱を感じ、フィオラは目をギュッと瞑った。

「フィオラ……」

「ぁ……あ……！」

耳許で情欲に掠れた声で囁かれたかと思ったら、張り出した先端が蜜口にひたりと押し当てられた。

そしてフィオラの呼吸に合わせて、熱い楔が徐々に入り込んでくる。

「んぅっ……っ……！」

媚壁を擦り上げながら、最奥を目指して押し入られる間、フィオラはせつない感情が胸に迫り上がってくるのを感じた。

挿入は苦しかったが、もう逃げる気力すらなく、苦しさを紛らわせるように息を逃していると、ゆっくりと時間をかけてセインが最奥へと辿り着いた。

「フィオラ……」

「ん……」

耳許で囁かれるだけでも四肢が痺れるほどの感覚がして、身体に力が入らない。

しかしセインを受け容れている媚壁は、逞しいセインをきゅうきゅうに締めつけている。

その間、セインは息を凝らして動かずにいたのだが、フィオラが逞しい灼熱に慣れてきて思わず締めつけると、身体を揺らしてずくずくと突き上げてきた。

「あっ、あっ、あぁっ、あ……あっ……！」

最奥をつつかれる度に、頭の中が真っ白になるような閃光が瞬くようで、上擦った声が自然と洩れてしまう。

するとセインはギリギリまで引き抜いては、最奥まで一気に突き上げるように腰をグラインドさせて、フィオラから甘い声を引き出した。

「あぁん……あっ、あ……セインお兄様ぁ……！」

執務机に縋りつきながら、セインの烈しすぎる情熱を受け止めているうちに、腰が砕けてしまった。

しかしすぐにセインが腰を掴み、ずちゅくちゅと抜き挿しを繰り返す。

そのうちに肌を打つ音がするほど烈しい律動を繰り出されて、フィオラは堪らずに背を仰け反らせた。

「おっと……ッ…積極的だな……」

「あぁん……！　ふ、深いのぉ……！」

仰け反る動きを利用して、セインは椅子に座ったかと思うと、フィオラを背後から抱き留めて挿し貫いた。

そして膝裏を摑んだかと思うと、フィオラを自在に上下に動かした。

「あン……ん、んふ……あっ、あぁっ、あっ、あっ……！」

ただでさえ気持ちよかったのに、自重で結合がさらに深まり、最奥を捏ねられる。

無防備に開かれた脚が心許ない気分にさせられたが、逆に力が入れられずに気持ちよさが増すようだった。

そこをずん、ずん、ずん、と下から突き上げられるのがどうしようもなく好くて、フィオラは逞しい胸に背中を預け、快美な感覚を味わった。

「あぁん、好ぃ……好いの……好ぃ……！」

大きな双つの乳房が上下するほどの烈しい抜き挿しについていくのがやっとで、ただただ蕩けきった声をあげ続けていると、セインが耳許でふと笑った。

「そんなに奔放《ほんぽう》に声をあげていたら、マシュールを食べ終わった三人が、不審に思って戻ってくるかもしれないぞ？」

「あぁ……っ……ん、そんなぁ……」

「フィオラがどんなに淫らか、奴らに見せてやるか？」

「そんなのいやぁ……！」

愛するセイン以外の男性に、こんなに淫らな姿を見せられる訳もなく、フィオラはいやいやと首を横に振った。

青の大天使たちにこんな姿を見られたら、もう顔を見る事すらできなくなってしまう。

「いや、いやぁ……セインお兄様だけがいいの……お願い、他の誰にも見せないで……」

「オレ以外には見せたくない？」

「んぅっ……は、はぃ……他の誰かに見られたら、もう生きていけません……」

素直な気持ちを口にすると、セインがふと笑った気配がした。

そしてただでさえ逞しい楔が、びくびくっと震えてさらに嵩《かさ》を増した。

「あぁん……！　もうおっきくしちゃいやぁ……！」

「だがそれが……気持ちいいんだろう？」

言いながら烈しい抜き挿しを繰り返されて、媚壁をくちゃくちゃと掻き混ぜられる。

張り出した先端の括れが媚壁を刺激し、秘玉のちょうど裏側を捏ねられた瞬間、腰の奥から甘い疼きが湧き上がってきた。

堪らずにセインの腕に爪を立てると、さらに烈しく穿たれて最奥をつつかれた。

「あぁん……もう、セインお兄様ぁ……！」

「あぁ……ッ…」

絶頂の予感が押し寄せてくるのを感じ、セインの名を呼ぶと、心得ているというように抜き挿しを繰り返された。

「あん、んっ……ん、んふ……」

くちゃくちゃと淫らな音をたてて出入りするセインを、媚壁がさらに奥へと吸い込むような仕草をしてしまう。

それが恥ずかしいのに気持ちよくて、身体の欲求の赴くままに快感を享受《きょうじゅ》していると、ふいにセインが項に強くキスをしてきた。

「あんん……！」

ツキン、と軽い痛みを感じたが、それすら快感に繋がった。

そして隘路がひくひくと収縮を繰り返し、セインをせつなく締めつけていると、身体の奥から甘い痺れが湧き上がってきて――。

「あぁぁあぁん……！　ぃく……達くぅ……！」

唐突に絶頂の波が押し寄せてきて、フィオラは中にいるセインをきゅうきゅうに締めつけながら達してしまった。

「……ッ…」

その時の強い締めつけが堪らなかったのか、それからすぐにセインも達し、熱い飛沫を最奥へ浴びせる。

「あんん……んっ……ん……」

腰を摑まれ何度も何度も穿たれて、セインの熱を断続的に浴びせられた。

それにすら感じて媚壁をひくつかせていると、セインはもう一度だけ最奥をついてから、フィオラの中から出ていった。

「ぁ……は……っ……」

その瞬間に浴びせられた白濁《はくだく》がこぽりと溢れ出て、執務室の絨毯へ糸を引いてたれていったが、もうそんな事を気にしている場合ではないほどフィオラは消耗《しょうもう》していた。

セインが抜け出た瞬間も身体が崩れそうになったが、セインに抱き留められて床に落ちる事はなく、しばらくは抱きしめられたまま二人して息が整うまで無言でいた。

そしてどのくらい経っただろうか——弾んでいた息が整う頃になると、セインは床に落ちているドレスを拾い上げ、フィオラへ押しつけてきた。

「そろそろ休憩は終わりだ。早く着ないと奴らが戻ってくるぞ」

「は、はぃ……」

返事をしたものの、まだ身体がふわふわと浮き上がるような感覚がしていて、エプロンドレスを着直すのに、ずいぶんと時間がかかってしまった。

それでもなんとか着替え終わると、セインはまだ足腰がおぼつかないフィオラを扉のほうへ追いやる。

「もう休憩は終わりだ。奴らが戻ってくる前に宮殿へ戻れ」

「わかりました。ですが……」

「なんだ?」

「セインお兄様はいつ、宮殿へ帰ってくるのでしょうか?」

一番訊きたかった質問を口にすると、セインは一瞬だけ奇妙なものを見るような目つきをしたものの、すぐにいつもの不遜な態度に戻り、深々とため息をつく。

「まだ国の情勢が落ち着かないから、しばらく戻る事はない」

「そうですか……」

がっかりしてしまったが、国をまとめるのはこんなに短期間では無理なのだろう。

しかししばらく戻らないと言うからには、戻る意思はあるという事。

それを支えにする事にして、素直に立ち去ろうとしたのだが――。

「フィオラ。王を亡き者にしたフィランダ王国は、まだ油断がならない。城内に間者が紛れ込んでいるかもしれないから、気を引き締めておけ」

「フィランダの間者が……わかりました。気をつけておきます」

素直に頷いたが、セインはもうフィオラには興味がないとばかりに窓の外を眺めていた。

それでもフィオラを気遣ってくれただけでも嬉しくて、マシュールの入っていたバスケットを手に執務室から退室した。

(フィランダ王国がまだこの国を狙っているのなら、私もしっかりしないと)

そう心に誓って王宮の長い廊下を歩き、自分の宮殿へと向かった。

その間は平然とした顔をして歩いていたものの、セインとの久しぶりになる交歓の名残《なごり》が表情に浮かんでいないか、気が気ではなかった。

それにフィランダの間者が紛れ込んでいる可能性を考えると平静ではいられなくて、フィオラは深々とため息をついた。

そして宮殿へと戻り、一刻も早くシャワーを浴びようと思っていたのだが、宮殿へ戻るなりアニーナが待ち構えていて、フィオラに微笑みかけてくる。

「フィオラ様、おかえりなさいませ。マシュールの評判はいかがでしたか?」

「え、えぇ。それはもうとても喜んでもらえたわ」

作り笑いになってしまったが、そう答えると、アニーナも嬉しそうに微笑む。

「それは良かったですわ。一生懸命作った甲斐がございましたね」

「そうね。私は少し昼寝をするから、しばらく寝室へは来ないでね」

「かしこまりました。バスケットは私が預かりますわ」

そうしてアニーナにバスケットを渡し、フィオラは自室へと戻ると、すぐにエプロンドレスを脱いでシャワーを浴びた。

(セインお兄様にああ言ったけれど、誰が間者かなんて、わからないわ……)

宮殿に仕えている女官は皆、出自も確かな厳選された女官ばかりだし、少なくとも宮殿には間者はいないと思うが、その油断が命取りになる可能性もある。

(あまり疑いたくはないけれど、セインお兄様の迷惑にならないように自衛しないと)

そう心に決めてシャワーを浴びていると、セインの名残が脚を伝ってきて、フィオラはポッと頬を染めた。

（私、執務室であんなに大胆な事をしてしまったんだわ……）

差し入れを持って行くだけのつもりでいたのに、まさか執務室であんな事に及ぶとは思いもしなかった。

しかし他の男性の影を疑ったという事は、結婚してフィオラを妻として迎えた自覚は多少なりともあるという事だ。

そこに愛があるかと訊かれたら言葉に詰まってしまうが、身体を求められたりフィランダからの攻撃を心配したりしてくれているのだから、少しは自分に自信を持ってもいいのかもしれない。

フィオラはフィオラなりに愛していこうと決めたのだから、そういう小さな事でも前向きに捉えていこうと思った。

「セインお兄様……」

ぽつりと呟いただけでも心が甘やかに蕩けてしまいそうで、早くもセインが恋しくなってしまったが、もう少しの辛抱だと自分に言い聞かせ、フィオラは浴室から出ると、疲れ切った身体をベッドに投げ出し、しばしの休息を取った。

第四章　欺瞞に墜ちる青い薔薇

リビングでお茶を飲みながら、フィオラは一人、レース編みをしていた。

一度やり出すと止まらなくて、没頭してレースを編み込んでいたのだが、ふと疲れを感じて窓の外を眺め、ため息をついた。

セインは相変わらず宮殿には戻らずに、王宮で忙しく政務をこなしているようだった。

差し入れを持って行ってからそろそろ二週間が経つが、宮殿へ戻る気配もない。

総統となって一ヶ月で国のすべてを掌握するには、まだ時間が足りないのだろう。

そう思う事にして、フィオラはおとなしく宮殿で待つ事を選んだ。

しかしセインに会いたい気持ちが消えた訳ではない。

想いは募る一方で、セインに会いたい気持ちはあるが、フィオラが執務室へ行く事で、政務や会議を中断させてしまうのは忍びなく、差し入れはフィオラが直接持って行くのは控えていた。

（今日の差し入れは喜んでもらえたかしら……）

窓の外を眺め、フィオラはぼんやりと思う。

差し入れはお茶の時間に食べられるよう、フィオラが毎日お菓子を作っていた。

といっても簡単な焼き菓子程度の物だったが、果たして喜んでもらえているのか――。

差し入れを運ぶ仕事は、元気いっぱいに立候補したコレットに頼んでいた。

宮殿入りしたばかりの頃からセイン贔屓《びいき》のコレットからは、青の大天使が喜んでいるという報告を聞いている。

しかし肝心のセインが喜んでいるのかは、コレットの報告ではよくわからなかった。

とにかく青の大天使に近づける事が嬉しいらしく、セインの動向にまで気がまわらないようなのだ。

特にセインを前にすると舞い上がってしまうらしく、運ぶのが精一杯という状態で、毎日といっていいほど、頬を紅潮させて嬉しそうに戻ってくる状態で。

（別にセインお兄様の動向を見るように頼んだ訳ではないから、仕方ないわよね）

そう思う事にして、コレットの報告には期待しないようにしているが、毎日嬉しそうに差し入れしているところを見ると、セインもコレットには優しくしているのかもしれない。

（セインお兄様が優しく……）

青の大天使となって父王の近衛隊となってから、セインの優しい笑顔など見た事もない。なのにコレットに微笑みかけている姿を思い浮かべるだけで、つい嫉妬をしてしまう。

（いいえ、いいえ……変な想像をしてはだめ。セインお兄様が女官に優しく微笑みかける訳なんてないもの）

首を横に振って変な妄想を追いやり、フィオラはふとため息をついた。

不遜な笑みを浮かべる事はあっても、昔のように優しい笑みを浮かべるセインなど、きっと二度と見る事はないだろう。

あの『赤い月夜の乱』から、セインは変わってしまったのだ。

だからコレットに優しく微笑みかける訳もないし、フィオラが気を揉むような事などなにもない筈。

第一、セインはランディーヌ王国の女王であるフィオラと結婚しているのだ。

そこに愛はなくとも、国の内外に向けて、仲睦まじい夫婦を演じているのだから、女官に手を出す訳もない。

（そうよ。セインお兄様に限って、そんなふしだらな事をする訳ないわ）

変な妄想に陥ってしまった自分を叱咤《しった》するように、フィオラは編みかけのレースをテーブルに置いて立ち上がると、窓を開いて新鮮な空気を吸い込んだ。

庭に咲く青い薔薇の馨しい香りを胸一杯に吸い込むだけでも気分が一新されて、フィオラはしばらくの間、庭を眺めていた。

するとふいに扉をノックする音が聞こえて、件《くだん》のコレットが姿を現した。

「フィオラ様、ただいま青の大天使様に差し入れをしてまいりました」

「そう、毎日どうもありがとう、コレット」

ふんわりと微笑んで労をねぎらうと、コレットは今日も嬉しそうに頬を紅潮させて、にっこりと微笑む。

「フィオラ様のお作りになったフルーツタルトを見て、皆様とても喜んでました！」

「良かったわ、毎日甘い物ばかりで飽きられていないかしら」

「青の大天使様は、私が退室しないと食べられないので、よくわからないです。けれど、皆様いつもお皿を空にして戻してくださいますし、毎日とても嬉しそうです」

「ならばいいわ。ご苦労様、もう下がっていいわ」

ふんわりと微笑んで退室を促すと、コレットは一礼して去っていった。

それを見送り、フィオラは窓辺に寄りかかって、庭を眺めながらまたため息をついた。

フィオラからの差し入れを喜んでいるのは、きっとカイユとミケーレ、そしてローレンスの三人だけだろう。

あの日もセインはマシュールを食べず終いだったし、厭《いと》わしく思っているかもしれない。しかし国政が落ち着かない今は、下手に近寄っては政務の邪魔になってしまうし、手作りの菓子を毎日差し入れする事でしか愛を表現するしかなくて――。

（セインお兄様が少しでも食べてくださるといいのだけれど……）

愛情を込めて作る菓子で少しでも心が癒されていればいいが、不遜な表情を浮かべるセインしか思い浮かばない。

昔の明るい笑顔を浮かべてほしいとは言わないが、自分が作る菓子を食べて笑顔を浮かべてくれたら、どんなに嬉しいだろう。

（あまり期待をしてはだめ。食べて戴けるだけで満足しないと）

首を緩く振る事で自分を戒め、フィオラは窓辺から離れ、またレース編みを再開した。

傍から見れば、セインの為に毎日差し入れをして、余暇《よか》にレース編みをしている自分の姿は、きっと幸せそうに見えるだろう。

そう思うとなんだか虚しくなったが、フィオラはそれでも仲のいい夫婦の振りを演じ続けようと心に決めて、またレースを編む事に没頭した。

◇◇◇

その日は雨が静かにそぼ降る曇天《どんてん》だった。

いつものようにお茶の時間に合わせてお菓子を作り、コレットへ手渡してから、フィオラはリビングでレースを編んでいた。

（もう少しで完成だわ）

特になにを作るでもなく編み始めたフラワーパターンのレースは、セインの帰りを待つ間に、大判のストールに編み上がりかけていた。

そこまで編み上げるまでに、ふた月はかかっただろうか。

それでもまだセインが宮殿へ戻る気配はなく、フィオラは孤独に耐えていた。

もちろんそれを表に出す事はなく、相変わらず幸せな振りをしていたが――。

（セインお兄様に会いたい……）

ひと月半前、執務室へ差し入れを持って行って以来、顔すら合わせていないのだ。

セインの事を考えると結婚前と同じ――いや、それ以上に想いは募るばかりで、胸がせつなくなるほどなのに、どんなに恋焦がれても、そこに愛はない。

差し入れをしているというのに、セインからねぎらいの言葉や、なにかしらの返礼はまったくなく、愛されていない事をまざまざと思い知らされただけだった。

(けれど私に構う暇もないほどお忙しいのだから、仕方がないわよ、ね……？)

そう自分に言い聞かせる事で、フィオラはなんとか孤独に耐えていた。

国はそろそろ落ち着きを取り戻したが、敵国フィランダがこの国を虎視眈々と狙っている事を警戒しているらしく、軍備を増強させるのに寝る暇もないほど忙しいらしいのだ。

セインは総統として当たり前の事をしているのだから、妻でありそれ以前にランディーヌ王国の女王であるフィオラがしっかりしていなければ、あっという間に国へ攻め入られてしまうに違いない。

「そうよ、私は女王なんだから……」

常に泰然《たいぜん》と構えていなければ、国民が動揺してしまう。

国民が動揺すれば、国の情勢は不安定になり、それこそフィランダに攻め入る隙を与える事になって、ランディーヌ王国が滅びてしまう。

(私の代でこの国を滅亡させる訳にはいかないわ)

先祖代々受け継がれてきた王国を守る為にも、女として愛に生きる訳にはいかないのだ。

たとえ愛するセインと愛のない生活を送ろうとも、国民の為に命を捧げるくらいの意気込みでなければ、大国ランディーヌの女王を名乗る資格などない。

(私にもなにかできる事はないかしら?)

とは思うものの、セインはフィオラが表舞台に立つ事を、良しとしていない。

近隣諸国の使者や王族が謁見に来ても、すべてセインが対応していて、フィオラが謁見の間へ足を運ぶ事すらないのだ。

ランディーヌ王国が軍事国家となった今は、セインが最高責任者として近隣諸国の王族と謁見してもなにも失礼にはあたらないが、フィオラとしてはおもしろくない。

交渉を持ちかけられたら確かに戸惑ってしまうが、セインの横に静かに座っている事くらいなら、フィオラにだってできるのに。

(どうしてセインお兄様は私を横に座らせてくれないのかしら?)

フィオラを立たせない事で、国の内外に向けて、セインが実権を握っている事を知らしめたいのだろうか?

フィオラが政治に関与したら、まだ城内に残っているかもしれないドリトミー宰相派が、セイン率いる軍部に対抗する為の駒《こま》に、自分を使うとでも思っているのか――。

(もしもそうなら、私が表舞台に立つ事は、国を揺さぶる事態になるかもしれないわ)

そう考えると、下手に政治へ口を出す訳にはいかない。

やはりセインが望むとおりに、おとなしくレース編みでもしているほうが、変な波風を立てずに済むように感じられて、フィオラはショールの完成に向けて、レース編みに没頭していたのだが――。

「失礼いたします、フィオラ様。ただいま戻りました」

ノックの音と共にコレットが姿を現して、いつものように嬉しそうに微笑みかけてくる。

もうひと月は執務室へ通っているというのに、まだ青の大天使と接するのが楽しいらしく、今日も頬を紅潮させているコレットの純粋さに、フィオラはふんわりと微笑んだ。

「今日もご苦労様。みんなレモンパイは喜んでくれていたかしら？」

「もちろんです。皆様とても喜んで受け取ってくださいました」

「良かったわ、どうもありがとう。もう下がっていいわ」

報告を聞いてホッとしたフィオラが退室を促したが、コレットは立ち去ろうとしない。

不思議に思って首を傾《かし》げると、コレットは二人だけしかいないというのに、なにかそわそわと落ち着きなく辺りを見まわして、それからフィオラに内緒話を持ちかけるように顔を近づけてきた。

「なに、どうかしたの？」

「はい、実は……セイン総統から伝言をお預かりしてきました」

「セインお兄……セインから？」

セインからの伝言と聞いて、フィオラは驚きつつも胸をドキドキと高鳴らせた。

今までねぎらいの言葉すらかけてくれなかったが、感謝の言葉をコレットに預けてくれたのだろうか？

それとも、もう差し入れはいらないと断られるのか――。

どちらにしても聞くのに覚悟がいって、フィオラは居住まいを正し、次の言葉を待っていると、コレットは耳打ちをするように口に手を添えた。

「今宵、久しぶりに会いたい。誰にも知られずに宮殿を抜け出し、青い薔薇が咲く王宮の庭の東屋《あずまや》で待っていてくれ、と仰っておりました」

「王宮の庭の東屋へ……？」

青い薔薇が咲く王宮の庭といえば、城の来訪者を歓迎する王宮の中でも公共の場で、比較的、誰でも出入りする事ができる庭だ。

といっても夜になれば城門も閉鎖されるので、密かに会うにはうってつけの場所でもあるが、城内の一室ではなく、なぜ庭の東屋を指定してきたのだろう？

「なぜ庭の東屋を指定してきたのかしら」

「もうすぐ雨も止みます。きっと雨上がりの青い薔薇の香りをお二人で楽しみたいのですわ。セイン総統もフィオラ様と共に、外の空気を吸いたいのだと思います」

そう言われてみると、セインはずっと執務室と仮眠室の往復ばかりで、外の空気を吸う暇もないほど忙しくしていると、以前コレットから聞いていたので納得できた。

それに宮殿の庭よりも王宮の庭のほうが執務室に近い事もあり、わざわざそちらを指定したのだろう。

仮眠の時間を削ってまで会いたいと思ってくれている事も嬉しくて、フィオラの心は早くもセインとの夜の散歩に飛んでいたが、そこでふとコレットを凝視めた。

「コレット、この事はアニーナや他の女官には……」

「もちろんお二人の秘密の逢瀬ですので、誰にも公言しておりません」

「それならいいわ。誰にも言わないでね」

「承知しております」

にっこりと微笑んで請《う》け負《お》うコレットにフィオラも笑みを浮かべると、今度こそコレットは一礼して退室した。

それを見送り、フィオラはすぐに席を立つと、リビングと続きになっている衣装部屋へと移動し、今宵の逢瀬の為のドレスを選んだ。

雨上がりの庭を散歩するのなら、丈の短いドレスのほうがいい。

それに誰かの目に触れず、だがセインにより美しく見えるよう、青いドレスを選んだ。

薔薇や自分の瞳と同じ色の光沢のあるドレスを着たフィオラを見たら、セインはどんな反応を見せてくれるだろう?

それを想像するだけでも心が舞い上がり、フィオラはふんわりと微笑んだ。

ほんの少し前までは、愛に生きてはいけないと自分を戒めていたというのに、現金な自分に呆れてしまう。

しかしセインから会いたいと思ってくれた事が嬉しくて、律《りっ》しようとしていた気持ちなど霧散してしまった。

(セインお兄様……)

ドレスを合わせながら、フィオラは姿見に映る自分に微笑みかけた。

その表情は自分でも稀に見るほど幸せそうで、なんだか照れてしまう。

それほどまでに、セインが誘ってくれた事が嬉しくて仕方がないのだ。

(あぁ、早く夜にならないかしら)

窓の外を眺めたが、曇天の空では夜の訪れを確かめる事は難しかった。

雨も止む気配はなかったが、逢瀬の時に雨が降っていても構わないほど、フィオラの心は浮き足立ち、心は早くも秘密の逢瀬でいっぱいになっていた。

◇◇◇

「あら、フィオラ様？　これだけでいいのですか？」

「え、ええ。今日はなんだかおなかが空いてないの」

夕食の時間となり、いつものようにアニーナが世話をしてくれていたが、料理長が腕によりをかけて作った美味しい料理の数々を前にしても、胸がいっぱいでフィオラはメインディッシュを半分食べるのがやっとだった。

それほどまでにセインとの逢瀬が楽しみで、食事を楽しむどころではないのだ。

（もう少ししたらセインお兄様と会えるんだわ）

そう思うだけで嬉しくなってしまい、つい笑みが浮かんでしまいそうになったが、それをグッと堪えた。

食欲がないのに嬉しそうにしていたら、長年フィオラの側付きをしているアニーナに、計画がすべてばれてしまう。

アニーナに気づかれてしまったら、きっと夜の王宮、それも警護が薄い庭へ一人で忍んで行く事を心配するに違いなく、セインと会うまで一緒にいると言い張る事だろう。

せっかくセインが二人きりで会いたいと言ってくれているのに、女官を引き連れて待っていたら、ただでさえ素っ気ないセインに、冷たい態度を取られてしまうかもしれない。

だからフィオラは細心の注意を払って平静を装っていると、アニーナは心配そうに顔色を窺《うかが》ってくる。

「フィオラ様のお食事は、食べきれるようにただでさえ少なくしておりますのに、体調が悪いのですか？」

「いいえ、いたって健康よ」

「わかりました。ならば薔薇のソルベだけでも食べてください。そうしたら食事を終えても構いません」

「……わかったわ」

生活全般の世話役アニーナにかかっては、フィオラであってもなかなか頭が上がらなくて、渋々と頷いた。

「ただいまお持ち致しますから、席を立たれてはいけませんよ」

「わかっているわ」

半分以上食事を残した事に納得いかないらしいアニーナはフィオラに釘を刺すと、近くにいた女官に薔薇のソルベを持ってくるよう言いつけていた。

薔薇のソルベはその名のとおり、馨しい薔薇のエッセンスで香り付けされた、さっぱりとしたレモン味のソルベで、フィオラは毎食後、必ずといっていいほど食べている。

ランディーヌ王国の特産でもある青い薔薇のエッセンスを大量に使っている為、毎日食べているだけで、身体から薔薇の香りが漂うようになり、フィオラだけでなく貴族の子女も好んで食べるデザートだ。

（そういえばセインお兄様も、私から甘い香りがすると仰っていたわ……）

あの日の出来事を思い出すと、顔から火を噴きそうなほど恥ずかしくなってしまうが、毎日食べている薔薇のソルベの効果は発揮されていたようだ。

もちろん薔薇の香りがする石鹼で全身を洗っている事で、甘い香りがより強調されているのだと思うが、セインに好ましく思われているならそれでいい。

今夜もたっぷりと時間をかけて入浴をしたので、庭に咲く青い薔薇に負けないほど、いい香りがしていると思う。

セインはそれに気づいて、優しく抱きしめてくれるだろうか？

「さぁ、お待たせしました、フィオラ様。薔薇のソルベでございます。これをすべて食べなければダイニングルームから出しませんよ」

「わかったわ」

わざと厳しい顔をするアニーナに微笑んで、フィオラはスプーンでソルベを掬い、少しずつ食べていった。

新鮮な青い薔薇から作られたソルベは口当たりが良くて、胸がいっぱいで食欲のなかったフィオラでもすべて食べる事ができた。

「さぁ、ぜんぶ食べたから部屋へ戻ってもいいでしょう?」

「よろしいですわ。それではお部屋へ戻りましょう。それにしても……ただご自分のお部屋へ戻るだけですのに、ずいぶん嬉しそうですね?」

不思議そうに首を傾げられて、フィオラはドキッとしてしまったが、それを表情に出さずにふんわりと微笑んでみせた。

「もう少しでショールが編み上がりそうなの。だから早く部屋へ戻りたくて」

「レース編みもけっこうですが、夜更かしをされてはいけませんよ」

「わかっているわ」

やんわりと窘《たしな》められてしまったが、アニーナはフィオラがレース編みに夢中になっていると誤解してくれたようだ。

その事にホッとして、アニーナを従えて自室へ戻り、さっそく編みかけのショールへ手を伸ばすと、ベッドの準備を終えたアニーナは、フィオラの手許を見てクスクスと笑う。

「どうしたの？」

「そのショールの使い道を想像して楽しくなっておりました」

「使い道？」

編み上がったら自分で使うつもりでいたのだが、他に使い道などあるのだろうか？

不思議に思って首を傾げると、アニーナはさらに笑みを深くした。

「そのショールに包まれた将来の王子か王女のお世話をさせて戴く事になったら、きっと楽しいと思いまして」

「それって……私とセインお兄様の……」

「お二人のお子様でしたら、どちらに似られても、きっと可愛らしいお子様がお生まれになりますわ。今から楽しみです」

にっこりと微笑んだアニーナを呆然と凝視めていたフィオラは、意味を理解した途端に真っ赤になった。

結婚してからほとんど会っていないものの、会えば必ず子を成す行為はしているのだから、よく考えればいつ生まれてもおかしくない。

それになんの気なしに編み始めた大判のショールは、よく見れば確かに赤ん坊を包むのに最適な大きさだ。

「もしや食欲がないのは、その兆候がおありになって、ショールを編むのを急いでおられるのかと思っておりましたが……」

「ち、違うわ。もう、変な事を言わないで」

なんだか恥ずかしくて声を荒らげると、アニーナは目を見開いて詰め寄ってくる。

「変な事だなんてとんでもございません。健康なお世継ぎをお産みになる事は、フィオラ様の一番のお仕事ですわ」

「わ、私の仕事……？」

「そうですとも。今はセイン総統がお忙しいですから子作りは二の次ですが、落ち着かれたらお世継ぎを身籠《みご》もるよう励《はげ》んで戴かないと」

当然の事のように言いながら微笑まれて、フィオラはますます真っ赤になった。

確かに世継ぎを産む事はこの国の将来の為にも大切な事だが、長年慣れ親しんだアニーナに、こうもあからさまに子を成す行為を促されると、なんだか恥ずかしくなってしまう。

結婚前までは常に清く慎ましやかにと口うるさかったのに、この変わりようときたら、こちらのほうが戸惑ってしまうほどで。

「わかったからもう下がって」

「うふふ、それでは失礼いたします。おやすみなさいませ」

少し怒ったように口唇を尖らせると、アニーナはクスクス笑いながら一礼して退室した。

それを待って、フィオラは疲れたようにため息をつく。

(セインお兄様の事で頭がいっぱいで、子供の事まで気がまわらなかったわ)

しかしよく考えれば、いつ子供ができてもおかしくないのだと改めて思った。

今夜の逢瀬でも、もしかしたらセインは身体を求めてくるかもしれない。

そうなった時の為にも身体を念入りに洗い上げた自分が、なんだか期待しているようで急に恥ずかしくなってきた。

(もう、ぜんぶアニーナのせいだわ)

それまでは意識しないでいられたのに、アニーナのおかげで妙に緊張してきてしまった。

セインを前にしてぎこちない態度を取ってしまったら、どう取り繕《つくろ》えばいいのだろう?

(大丈夫よ、大丈夫。いつもどおりの自分でいればいいんだわ)

そう言い聞かせる事でなんとか平常心を保とうと努力をして、深呼吸を繰り返した。

おかげで少しは緊張が解れて、フィオラは時計を見た。

時刻はそろそろ九時になろうとしている。

王宮を警護する衛兵が、庭の見まわりをするのは十時が最後だ。

その頃を見計らって王宮の庭にある東屋へ忍んで行けば、セインが待っている事だろう。

アニーナのおかげで変に意識してしまったが、月の光だけしかない薄闇が赤くなった頬を隠してくれる筈。

(私から押しかけるのではなく、セインお兄様から呼んでくださったのだもの。緊張しないで嬉しいと思わないと……)

もう間もなく会えると思えば胸がドキドキと高鳴って、フィオラはそわそわと落ち着きなくリビングを行ったり来たりしていた。

あと一時間もすれば、セインと久しぶりに会えるかと思うと、たった一時間だけなのに、とても長く思えた。

それでも辛抱強く待っているうちにいよいよ行動する時間となって、フィオラはリビングの明かりを消して、自室からこっそりと抜け出した。

音をたてないように廊下を足早に歩き、外廊下へと出ると庭へと移動して、そこからは宮殿を警備する衛兵がいない秘密の抜け道から王宮へと向かった。

この秘密の抜け道は、亡き母から教わっていた王族だけしか知らない抜け道で、敵が攻め入ってきた時の避難用の抜け道だ。

母もまさかセインとの逢瀬の為に、フィオラが抜け道を使うとは思わなかっただろう。

そう思うとなんだか罪悪感があったが、それよりセインに会えるという嬉しさのほうが勝り、真っ暗な抜け道を通るのも恐くはなかった。

(もうすぐセインお兄様に会える)

湿った抜け道でドレスが汚れないよう細心の注意を払って歩いていくと、月明かりが差し込む場所で、通路が分岐していた。

(確かこちらを右へ行けば、王宮の庭へ出られる筈)

フィオラ自身、教わっただけで実際に使うのは始めての事だが、右へ行けば王宮の庭へ出られて、左へ行けば城外へと通じているとだけ教わっていた。

なので右を進んでいくと、青い薔薇の香りがしてきた。

常緑樹に覆われた出口をそっと掻き分けてみれば、果たしてそこは王宮の庭だった。

(こんな所へ通じてたのね)

城門に限りなく近い城壁の陰に出てみれば、夜番の衛兵が城門の外で警備をしている姿が見えて、フィオラはこっそりと庭の奥へと忍んでいった。

(良かった、見つからなかったわ)

青い薔薇の花園まで来てしまえば人の気配はなく、少しホッとして歩みを緩めた。

そうしてセインが指定した東屋へ辿り着いたのだが――。

「……セインお兄様?」

東屋の中を覗き込み、声をそっとかけてみたが、まだセインの姿はなかった。

呼ばれた事もあり、てっきりセインのほうが先に来ていると思ったのだが、執務に追われて遅れているのだろうか？

（まぁ、いいわ。時間はたっぷりあるもの）

東屋の椅子に腰掛け、月明かりに照らされる青い薔薇を眺《なが》めて、フィオラはようやくホッと息をついた。

こんなに夜遅くに薔薇の花園を眺める事も初めてだったが、月明かりの下で見る青い薔薇の美しさは格別だった。

（セインお兄様はこの景色を見せてくれようとしたのかしら？）

そう思えば嬉しくて、甘い薔薇の香りを運んでくる夜風に吹かれていると、こちらへ迷わず向かってくる足音が聞こえ、フィオラは笑顔のまま振り返った。

「セインお兄様！」

「セイン総統でなくて申し訳ございません」

「……コレット？　どうしてあなたがここへ？」

見ればそこにはコレットがいて、フィオラは首を傾げた。

てっきりセインが来たのだと思ったのに、どうしてコレットがここにいるのか、さっぱりわからない。

フィオラ付きの女官のコレットが、こんなに夜遅くにセインの伝言を持って来たとも思えないし、なにより宮殿の出入り口は夜ともなれば、セインと宮廷医以外の往来は禁じられている。

当然、女官がこっそりと出入りする事も禁じられているので、コレットがここへいる事自体が不思議なのだ。

「どうやって抜け出してきたの？」

「それは秘密です」

コレットはにっこりと微笑んで東屋の中へと入ってきて、辺りを見まわす素振りをした。

「セインお兄様がまだ来ないの。いったいどうしたのかしら？」

きっとセインの姿を捜しているのだと思い、共犯者でもあるコレットに打ち明けてみたのだが――。

「セイン総統はいらっしゃいませんよ。最初から来る予定もございません」

「……どういう事？」

にっこりと微笑みながら言うコレットに、フィオラは眉根を顰《ひそ》めた。

コレットがセインとの逢瀬をこっそりと伝えてきたのに、当のコレットがセインの来訪がないと言うのはどういう事なのだろう？

なんとなくいやな予感が胸をよぎって、フィオラはコレットを真っ直ぐに凝視めた。

「まさかコレット、あなたセインお兄様と恋仲に落ちただなんて言わないわよね？」

コレットは宮殿入りした頃から、セインの事を慕《した》っていた。

それを知っていたのに、毎日差し入れを頼んでいるうちに、セインと越えてはならない一線を越えてしまったのか――。

そして今からその事実を伝える為に、ここへ来たのではないか。

そのくらいしかコレットがここへ来た理由が思いつかなくて、フィオラはドキドキしながら凝視めていると、コレットはクスリと悪戯っぽく微笑んだ。

「セイン総統と私が恋仲に？　そんな事しか頭にないなんて、やっぱりフィオラ様は根っからのお姫様ね」

「コレット……？」

まるでばかにしたようにクスクス笑われて、フィオラはその時になって初めてコレットにいやな印象を覚えた。

フィオラが懸念《けねん》したような仲にはなっていないようだが、普段はもっと溌剌《はつらつ》として明るくて、気立てのいい女官だと思っていたのに、今のコレットはどこか人が違って見える。

少し冷たくも感じて、思わず後退《あとずさ》ろうとした時だった。

「あら、動いてはだめよ、フィオラ様。これがなんだかわかるでしょう？」

「……っ…コレット……」

喉元に短剣をひたりと当てられて、フィオラは息をのんだ。

フィオラの首などいとも簡単に刎《は》ねてしまいそうなほどの長さの短剣が、月明かりを浴びて不吉に輝く。

「王宮まで誰にも会わずに来たっていう事は、王族しか知らない秘密の抜け道があるのでしょう？　ここで命尽きたくなければ、城外へ出る方法を教えて」

「なんでそれを……」

「どこの国の城でも、王族しか知らない秘密の抜け道はあるものだわ。私の故郷、フィランダの城にもあるもの」

「コレット！　あなたフィランダの者だったの!?」

「うふふ。さぁ、この白い首に醜い傷痕を残したくなければ、今すぐに案内して」

笑う事で肯定したコレットは、次の瞬間、フィオラの腕を後ろ手にまわして拘束すると、フィオラを突き飛ばすようにして東屋から歩き出した。

（ごめんなさい、セインお兄様……）

まさかコレットがフィランダの間者だったなんて、誰が想像できただろう。

あの日、セインにフィランダの間者が紛れ込んでいるかもしれない、と忠告を受けていたのに、セインの名を出されただけで、まんまと敵国の罠《わな》に嵌《は》まってしまった自分に、フィオラは口唇を嚙みしめた。

「大声を出したり宮殿へ戻る素振りを見せたりしたら、ここで命を絶つわよ。さぁ、城外へ出る秘密の入り口まで案内して」

「……わかったわ」

宮殿へ戻る事も考えたが、先読みされてしまい、仕方なく秘密の抜け道へと向かった。

きっと間者であるコレットなら、フィオラが挙動不審な行動を取ったら、その場で命を絶つ事くらい平気でするだろう。

秘密の抜け道で命を絶たれて醜い姿でセインに発見されるくらいなら、まだ命を絶たれても綺麗な姿のまま発見されたい。

もちろんおとなしく殺されるつもりはないが、今はコレットに従ったほうが得策だろう。

それに生きてさえいれば、この城へ戻って来られるかもしれない。

フィオラの不在はきっと、アニーナによってすぐに知られる事だろう。

だからそれに懸ける事にして、フィオラは秘密の抜け道へとコレットを案内した。

◇◇◇

コレットによって城外へと連れ出されてしまったフィオラは、すぐにヴェールを被せられて、町外れの森へと連れていかれた。

そこでコレットの仲間の男達に馬車へ押し込められたところまでは覚えていたものの、車内で眠り薬を嗅がされてしまい、意識を失っていた。

そうしてどのくらい経っただろうか。

ツン、と沁みる匂いを嗅がされて意識を取り戻したフィオラは、薄闇の中で酷《ひど》い頭痛を覚えながらも、潮の香りに気づいた。

波に揺られる感覚もして、自分が船に乗せられている事にも気づいた。

辺りを見まわしてみたが船室には窓がなく、カンテラの僅かな明かりが灯っているだけの、とても豪華な船室で――。

「ここは……」

「フィランダの船艦の一室ですよ、フィオラ女王」

「……っ…!?」

独り言に男性の声で返事が返ってきた事に驚いて、息を凝らした。

そうして声のした方向を恐る恐る向いてみれば、そこには敵国フィランダの王子ジョセフの姿があり、フィオラは睨む事で敵意を剥き出しにした。

しかし椅子にゆったりと座るジョセフは、フィオラの睨みなどまったく気にならないようで、ベッドヘッドに張りつくフィオラに微笑みかけてくる。

「どんなに睨んでも美しいだけですよ、フィオラ女王」

「お世辞など聞きたくありません。私をいったいどうするつもりです」

強い口調で言いながらも睨む事をやめずにいると、ジョセフは手を開いて大袈裟に肩を竦めてみせる。

「どうするもなにも、このまま我が国へご招待するだけです」

「私を幽閉《ゆうへい》するつもりですか」

「幽閉などするつもりはありません。ただ……」

そこで言葉を句切ったジョセフは、フィオラの全身を舐めるように凝視めてくる。

その視線だけでも悪寒が走って、フィオラはさらにベッドヘッドに張りついた。

「怯える顔も美しい。フィランダへ帰ったらすぐに結婚式を挙げましょう」

「結婚式ですって!?」

父王を暗殺しておきながら、セインとフィオラの結婚式へなんの臆面《おくめん》もなく出席したというのに、ジョセフはそれをないものとして、フィオラと結婚するつもりでいるのだ。

「私は結婚しております。離婚もしていないのに、再婚するつもりはありません」

「しかしいくら結婚をしていても、そこに愛がないのなら、なんの意味もないでしょう」

「そ、それは……」

痛いところを突かれて、フィオラは押し黙るしかなかった。

フィオラは愛しているが、確かにセインはフィオラを愛してくれてはいない。

ただ国を乗っ取る為だけに結婚をしたも同然で、そこに愛はなかった。

「私ならあなたを退屈させる事なく、愛し続けますよ」

「いやっ！　近寄らないでっ！」

おもむろに立ち上がったジョセフに怯えて、声を荒らげてベッドの端へ逃げたが、それが逆に逃げ場をなくす結果となった。

その間にもジョセフはベッドへ上がり、フィオラの手首を摑んだ。

「きゃっ……！」

抵抗する間もなくベッドへ引き倒されて、気がついた時にはジョセフに真上から見下ろされる形となっていた。

「抵抗をしても無駄ですよ。もう船は沖へと出ています。それにあなたが愛して止まないセイン総統は、あなたを愛してはいない。消えても助けに来てはくれませんよ」

「……っ…」

セインが自分を愛していない事など百も承知しているが、他人に断言されるとショックが大きかった。

それでも抵抗せずにはいられなくて、摑まれた手首を取り返そうとしていたが、フィオラの力では手首を取り返す事すらできなくて――。

「それに今頃はもうセイン総統も息をしていないでしょう」

「ど、どういう事ですっ」

聞き捨てならない言葉を聞いて、抵抗さえ忘れて凝視めると、ジョセフはその時になって初めて邪悪な笑みを浮かべた。

「コレットが毎日あなたが作った菓子に、毒を仕込んでいたんですよ。徐々に効いていく遅効性の毒ですが、今日は特に多く仕込んだと聞きます」

「なんですって⁉」

まさかコレットがそんな事をしていたなんて、あまりにも驚きすぎてフィオラは気が遠くなりかけた。

自分が作った菓子ならば、きっと青の大天使は疑う事なく口にしていたに違いない。

という事は、今頃青の大天使は毒で命を落としているかもしれないのだ。

「青の大天使は全滅です。そして今まさに我が国の兵隊が攻め入ってますから、城内は騒然としている事でしょう」

「酷い……父王様だけでなく、セインお兄様達まで毒殺するなんて……！　どうしてこの国をそこまでして手に入れたいの!?」

「それはもちろん、肥沃な大地と産業資源の宝庫ですからね。それになんといっても、ランディーヌ王国にしか咲かない青い薔薇とそれに称されるフィオラ女王は魅力的だ」

「それだけの為に国民まで危険にさらすなんて……！」

うっとりとした表情で頬を撫でられて、フィオラは顔を横に振る事でジョセフの手を振り払った。

青い薔薇や産業資源、それに自分を奪う為に攻め入るなんて、怒りがあまりにも強すぎて目が潤んでしまったが、それでもフィオラはジョセフを強く睨む。

そうして思い出したように抵抗を試みて、足をばたつかせ、手首を取り返そうとしたが、物腰が柔らかそうな顔をしていながら、やはりジョセフも男性だった。

強い力で捕まえられて、なかなか拘束から逃れられない。

「ふふ、青い薔薇と称されるフィオラと本物の青い薔薇の両方を手に入れる事ができて、本当に嬉しいですよ」

「ランディーヌ王国は、まだあなた方のものにはなっていませんっ！」

フィオラは首を横に振って声を荒らげた。

しかしジョセフはフィオラの声など無視をして、首筋に顔を埋めてくる。

それだけでもゾッとして、フィオラは首を横に振りたてた。

「これ以上なにかするのなら、私は死を選びますっ！」

強い口調で言い切ると、ジョセフは困ったように笑いながら、顔を上げてフィオラを凝視めてくる。

「困った方ですね。まるで私のせいで殺してしまうような事をおっしゃって」

「わ、私は本気です。あなたのものにはなりません！」

とうとう最後までセインと心を通わせる事はできなかったが、自ら命を絶つのなら、セインしか知らない身体のままで死にたい。

そう決意して舌を噛み切ろうとしたが、それを察したジョセフによって、顎を強く摑まれてしまった。

「もう諦めたほうがいい。城は兵隊が攻め入って見る影もないでしょう。フィオラ、あなたが帰る場所は私の許以外、どこにもないのですから」

（あぁ、そんな……）

精神的にも体力的にも追い詰められて、抵抗するのを諦めようとした時だった。

船体が激しく揺れるのと同時に、轟音《ごうおん》が響いた。

「何事だっ！」

これにはさすがのジョセフもフィオラを相手にしている場合ではないとばかりに、ベッドから下りて扉へと向かった。

その瞬間、扉が弾けるように開いて、一人の兵隊がやって来た。

「敵襲《てきしゅう》ですっ！　六時の方向からランディーヌの戦艦《せんかん》が特攻を仕掛けてきました！　敵の数、およそ十隻！　戦艦を囲まれておりまして、船上にも乗り移られています」

「船上に乗り移られただと!?　ばか者、なにをしている。早く応戦しろっ！」

先ほどの落ち着き払っていた態度とは一転して、ジョセフは声を荒らげて指示を出す。

しかし次の瞬間、ザシュッと剣を振るう金音が聞こえた。

「ぐあっ……！」

断末魔の声にハッと息をのんで扉の方向を見てみれば、そこには剣を肩に担《かつ》ぎ、余裕の表情を浮かべた、誰よりも愛おしい――。

「あぁ、セインお兄様……」

「待たせたな、フィオラ。大事はないか？」

まるで昔に戻ったように溌剌として声をかけてくるセインを見たら、涙が頬を伝った。

嬉し涙だったが、それを見たセインはすぐに眉根を顰め、ジョセフに向かってジャキッと音をたてて長い剣を構えた。

「オレの大事なフィオラになにをした。事と次第によっては今すぐ斬る！」

「うわっ……！？」

目と鼻の先に剣を突きつけられ、ジョセフは情けない声をあげた。

しかしそんな自分を恥じているのか、ジョセフは気を取り直したように身構えた。

「ふ、ん……落ちぶれた王子が、今さら表舞台に立つとは思わなかった」

「立たせたのはおまえ達フィランダだ。まぁ、そのおかげでフィオラをオレの妻にできたから、少しは感謝してやってもいいが」

言いながら構えていた剣を再び肩に担いだ瞬間、その時を待っていたようにジョセフが剣を抜き取ろうとしたが——。

「読みが甘い。それにこの船にはロクな兵隊がいないな。フィランダの軍隊も落ちぶれたものだ。あっという間に制圧できて退屈したぞ」

「セイン……おのれっ！」

ばかにされた仕返しではないだろうが、セインが痛烈なイヤミを言うと、それが癪《しゃく》に障《さわ》ったらしく、ジョセフは剣を抜けない代わりに体当たりをしようとした。

しかしセインはそれをヒラリと躱《かわ》し、ジョセフの背中を剣の鞘で打撃し、苦しげに身体を丸めたところで、さらに膝でみぞおちを蹴った。

「ぐおっ……！」

そのセインの攻撃はひとたまりもなかったようで、ジョセフが床へ倒れ込むと、セインは首に剣をひたりと当てて、余裕の笑みを浮かべた。

「今さら抵抗しても無駄だ。オレの愛する妻を返してもらおうか」

「ぐ……」

ジョセフは声を詰まらせて歯噛みしている。

しかしそれよりも今の言葉を聞けただけでも嬉しくて、フィオラの頬に新たな涙が伝う。

てっきりセインは城に攻め入ったジョセフを追いかけてきたのかと思ったが、フィオラを助けに来てくれたように聞こえた。

それだけでも嬉しくて、涙があとからあとから溢れて、セインの姿がぼやけて見える。

「泣くなフィオラ」

「は、はい……」

セインに窘められて、フィオラは必死になって涙を拭った。

それでも涙が溢れるのを止められずにいると、ミケーレが剣を構えて船室へとやって来るのが見えた。

「セイン、こっちはもう片付いた……おっと、取り込み中か。そんな奴の相手はオレに任せて、早くフィオラ様を抱きしめてやれよ」

「あぁ、頼んだ」

ミケーレにジョセフの拘束を任せたセインが、つかつかとこちらへやって来る。

しかしその表情はいつもと変わらなくとても冷たくて、フィオラは怒られるのを覚悟して身を固くしていたのだが——。

「フィオラ」

「あっ……」

「ばか者、心配させるんじゃない」

「ご、ごめんなさい」

咄嗟に謝っておずおずと見上げると、ベッドから掬い上げるように抱き上げられて、もう離さないとばかりに逞しい胸に抱き込まれた。

「セインお兄様……」

「大事がなくて良かった……」

　ホッとしたように首筋に顔を埋められて、フィオラも広い背中に手を伸ばした。

「セインお兄様、ごめんなさい……まさかコレットがフィランダの間者だったなんて知らなくて、セインお兄様の名につられて一人で行動してしまいました」

「その辺りの事情はコレットから聞いた。それにコレットが毒を盛っていた事は、最初から気づいていたから気にするな」

「最初から気づいて……？」

　驚いて見上げると、セインはふと微笑んで、フィオラの頭を撫でてくる。

　その優しい笑みについうっとりとしてしまいそうになったが、それよりも。

「なぜコレットが毒を盛っていた事がわかったのですか？」

「カイユがお茶を淹れる時に、必ず試薬を使って毒の検知をしていたんだ。だからコレットが間者だという事は気づいていた」

　そしてしばらく泳がせて様子を見ていた矢先、アニーナがフィオラの不在を伝えてきて、コレットも行方をくらました事を知り、すぐに動いたのだとセインは言う。

「ではお城も無事なのですね」

「あぁ、あっちはローレンスとカイユに任せてきたから大丈夫だ」

「良かった……ですが、総統自ら戦艦へ突撃するなんて……」

普通に考えたら城にセインがいなければ、もしも城を落とされた時、取り返しがつかない事態になるのに、まさかセインがフィランダの船に乗り込んで来るなんて、危険にもほどがある。

だからつい怒ったように見上げると、髪をくしゃりと撫でられた。

「フィオラが心配だったんだ」

「私が心配……？」

「あぁ、フィランダがランディーヌを狙っている事は承知していた。だからフィオラに総攻撃を仕掛けてくる前に総統として立ったのに、愛する女を守れないで、なにが総統だ」

吐き捨てるように言いながらも、セインはフィオラを抱きしめて離さない。

という事は、世間知らずなフィオラが女王として立った途端に、フィランダが総攻撃を仕掛けてくるだろう事を、セインは読んでいたのだ。

「では、宰相派を亡き者にしてまで、総統として立ったのは……」

「フィオラから実権を奪ったように仕向けて、オレが的になればフィオラを守れると思ったんだ」

そう考えれば父王の国葬のすぐあとに、無理やり結婚の話を進めた意味がようやくわかった気がした。

会えない日々が続いて沈んだ事もあったが、それもフィオラを守る為だったのだ。

「国をより盤石《ばんじゃく》にする事で、フィランダからフィオラを守ろうとしていたんだがな」

「ご、ごめんなさい……」

少し恨みがましい目つきで見下ろされ、フィオラは小さくなった。

セインは必死に守ろうとしてくれていたのに、自分ときたら愛のない結婚をしたのだと思い込んでいた。

しかもセインが国とフィオラを想って忙しくしていたのに、自分の事ばかり考えていて。セインはもっと大局を見据えていたのに、自分の気持ちばかり優先していた自分が恥ずかしくなった。

「と言っても、結果的にフィオラを狙われて連れ去られては、意味がなかったけどな」

「いいえ、いいえ。そんな事はありません。だってセインお兄様はこうやって助けに来てくれました」

「来るのは当然だろう。フィオラを連れ去られたら、オレは生きる意味がない。小さな頃から愛おしく想っていたのに、他の男にくれてやるつもりもなかったしな」

初めて聞くセインからの愛の告白に、フィオラは驚きすぎて目を瞠《みは》った。

ではフィオラが幼い頃から、セインはずっと愛してくれていたというのだろうか？

「セインお兄様は私を愛してくれていたのですか？」

「あぁ、昔からな」

「けれど私が告白した時には、のらりくらりとはぐらかしてました」

小さなフィオラがいくら愛を囁いて結婚を迫っても、セインはつれない態度を取っていた事を今でも覚えている。

だからつい恨みがましく見上げると、セインは苦笑を浮かべて髪を撫でてくる。

「あの頃から愛おしく想っていた。だが、お互い国を背負う立場にいて、安易に結婚の約束などできなかった」

確かにあの頃のセインはヴァラディア王国の王子という立場上、フィオラの求婚を受けられなかった事は、今なら理解できる。

「だが、ヴァラディア王国をランディーヌ王国と同じくらい立派な国にして、いつかフィオラを娶《めと》るつもりはあったんだ」

しかし『赤い月夜の乱』という悲劇が、ヴァラディア王国を襲った。

国を失った悔しさに荒れて、フィオラを娶る話を父王に申し出る権利すら奪われた事に、落胆もしたとセインは言う。

だが荒れている日々を送っているうちに、国王の忠実な僕《しもべ》となって、信頼を得る事で、結婚はできなくともフィオラの側に居続けようと思ったと言うのだ。

「そんな……！　セインお兄様がお側に居てくださっても、他の男性との結婚を素直に喜べる筈がありません」

首を横に振って、そんな関係はいやだと切に伝えると、セインはふと微笑んでフィオラを抱きしめ直す。

「先ほども言ったが、フィランダ王国がいろいろと仕掛けてくれたおかげで結婚できた。オレの古傷も疼いているし、今からその礼をたっぷりと返さないとな？」

少し悪戯っぽく言いながら、セインはミケーレに拘束されて身動きが取れなくなっているジョセフに向き直った。

「な、なんだっ！　この私をどうすると言うんだっ！」

「フィランダ王国の王は高齢だ。しかも継承者はジョセフのみのひと粒種。ここで命を絶てば、東の大陸での力関係が崩れて、そちらで忙しい事になるだろうな」

「さぁ、フィオラ女王。これ以上は見るものではありません。私と一緒に外の空気を吸いに行きましょう」

セインがジョセフをどうするのか、目に見えていた。

しかし事の成り行きを見守る前に、ミケーレに誘われて船室から退室する事となった。

それでもまだセインとジョセフの声は聞こえていて――。

「つまりは当分、ランディーヌ王国にちょっかいを出す暇などなくなるだろう」

「や、やめろっ！　やめてくれ！　もう二度とランディーヌ王国を狙わないから……」

「おまえ達の言葉は信用しない」

セインの断言を聞いたところで、ミケーレに船上へと連れ出されて、ジョセフの断末魔の悲鳴を聞かずに済んだ。

「フィランダさえ抑えてしまえば、平和な時代が訪れます。ほとんど寝ずに政務に明け暮れていたセインには休息が必要です。フィオラ様が癒してやってください」

「ええ、もちろん」

ミケーレの言葉にしっかりと頷いて、フィオラは満天の星空を見上げた。

雲ひとつない空を見上げるだけでも心が洗われて、フィオラは心からの笑みを浮かべた。

愛されていないと思っていたのは、大きな間違いだった。

それどころかすべてはフィオラを想っての行動だったのだと思えば、今まで堪え忍んで被害者意識を持っていた自分がばからしく思えてしまう。

しかしこれでもう、すべての誤解は解けたのだ。

(やっぱり私はセインお兄様が好き)

心の中で呟いてみると、今まで以上に愛情が溢れ出してきて、ふんわりと微笑んだところで、セインが船上へと出てきた。

そしてなんの迷いもなく、フィオラの肩を抱き寄せてくる。

「セインお兄様、助けに来てくださって、どうもありがとう。心から愛してます」

肩に寄りかかり素直な気持ちを口にすると、セインが優しく微笑んでくれる。

その笑みは遠い昔に見た笑顔と同じくらい優しくて、フィオラもつられてふんわりと微笑んだ。

「オレも昔から愛して……ちょっと待て。ミケーレ、向こうへ行ってろよ」

「はいはい、わかりました。邪魔者は消えますよ」

冗談めかすミケーレを見送ったセインは、ふと息をついてフィオラを凝視める。

「続きは城へ戻ってからだ。覚悟しておけよ?」

「はい」

少し脅すように言われたが、心から愛されているとわかった今、もうなにも恐れる事はなく、フィオラはしっかりと頷いてみせたのだった。

◇◇◇

「フィオラ様っ！」

宮殿に戻るやいなや、アニーナ率いる女官達が待ち構えていた。

そしてセインに寄り添いながら微笑むフィオラを見た途端、ホッとしたのかみんな一斉に泣き出してしまった。

「み、みんな心配かけてごめんなさい」

そこまで心配させてしまった事を申し訳なく思って謝ると、アニーナは泣きながらも恐い顔をする。

「謝って済む問題ではございませんっ！　フィオラ様とコレットが消えた事を知った時の、私達の気持ちがわかりますかっ！　まったく、ランディーヌ王国の女王が聞いて呆れます」

「はい……反省しています」

長年側付きとして行儀作法にうるさいアニーナは、いったん怒るととても恐いのだ。

ここは早めに謝ったほうが得策と思い、フィオラが下手《したて》に出ると、アニーナはまだまだお説教を続けたかったようだが——。

「そう怒ってやるな、アニーナ。フィオラもオレに会いたい一心で、コレットの甘言《かんげん》につられただけの事だ」

助け船を出したという訳ではないだろうがセインが諌めると、アニーナは床に跪いて深々と頭を下げた。

「この度は私共の不手際で、フィオラ様が城外へ連れ去られる事態に陥ってしまい、申し訳ございませんでした。そしてフィオラ様を無事にこの宮殿へ戻してくださり、どうもありがとうございます」

アニーナに続いて他の女官達も次々と跪き、セインに最高の礼を尽くした。

そのみんなの姿を見て、自分の事ばかり考えていたフィオラも心から反省して、セインに頭を下げた。

「もう二度と宮殿から一人で出ないと誓います。助けてくださって、本当にどうもありがとうございました」

「おまえ達の気持ちはよくわかった。今日から当分、オレはフィオラとのんびりしたい。さっそく大浴場の準備をしてくれ」

「かしこまりました」

セインの言葉に頷いてからの、アニーナ達の動きは速かった。

すぐに立ち上がったかと思うとそれぞれが一斉に働き出し、深夜だというのに宮殿は一気に華やかな雰囲気に溢れた。

「セインお兄様、私はもう入浴を済ませておりますので、部屋で待っています」

「なにを言ってる。潮風に当たったたし、なによりジョセフの手垢《てあか》がついた身体を清めるぞ」

「え……」

手首を摑まれたかと思うと、そのまま宮殿の大浴場まで引っぱられてしまい、あれよあれよという間に、女官の手ではなくセインの手によって、ドレスを脱がされてしまった。

「セインお兄様、一緒に入浴するなんて恥ずかしいわ」

「夫婦で入浴をするのになにが恥ずかしいものか」

「きゃあ!?」

身体を隠して縮こまっているところを掬い上げるように抱き上げられて、女官が準備した大浴場の青い薔薇が浮かぶ湯殿へ、そのまま入浴させられた。

「どうだ、気持ちいいだろう」

「え、ええ……」

返事はしたものの、フィオラは身体の力を抜く事ができなかった。

フィオラの為に造られた大浴場は、心から寛《くつろ》げるようにとても広くて肩まで浸かれる湯殿になっていて、湯殿の四隅から湯が滾々《こんこん》と湧き出る仕組みになっている。

青い薔薇を浮かべて入浴するのが好きなフィオラの為に、女官が急いで浮かべてくれたのだろう。

新鮮な甘い香りが漂う湯はとても気持ちよかったが、セインに抱きしめられながら入浴しても、緊張するばかりでちっともリラックスできない。

「セインお兄様、一人で座れます。どうか放してくださぃ……」

小さな声で願ったが、セインはますます強く抱きしめてくる。

胡座《あぐら》をかいたセインの膝に座らせられているおかげで、双つの乳房が湯に浮かんで見えてしまっている事も、恥ずかしさに拍車をかけた。

さり気なさを装って乳房を隠そうとしたが、持ち上げた腕を取られたかと思うと、セインは手の甲にチュッ、と熱烈なくちづけをしてくる。

そこから徐々にくちづけていき、最後には肩にキスをしたかと思うと、そのまま口唇へとそっとキスをされた。

すぐに離れていったが、フィオラがうっとりとした顔で凝視めると、今度はもっと深いキスを仕掛けられた。

「んっ……」

思わずセインの肩に縋ってくちづけを諾々と受け容れると、まるで想いの丈《たけ》を伝えるように烈しく求められて、フィオラはついていくのがやっとだった。

なにしろこんなに深いキスをするのだって、たった二回目なのだ。

なにをどうすればいいのかわからないし、ただ目を瞑ってセインが仕掛けてくるくちづけに翻弄されていると、そのうちに口唇を何度も何度も食《は》むように吸われた。

そして口唇をそっと舐められると、背筋にゾクゾクと甘い痺れが走って、身体が意図せずぴくん、ぴくん、と跳ねてしまって、湯がちゃぷん、と音をたてる。

「ん、ふ……っ……」

息をするのさえ苦しくて思わず喘ぐと、それを待っていたとでもいうように舌が易々《やすやす》と潜り込んできて、フィオラのそれを搦め捕る。

「ぁん……んっ、ん……」

ざらりとしているのに柔らかな舌を絡められるのがそのうちに気持ちよくなってきて、フィオラもおずおずと応えると、それが嬉しかったのかセインはさらに積極的に舌を絡めては、優しく吸ってくるようになった。

「んふ……んっ……んー……」

絡めた舌を優しく吸われる度に、身体が甘く蕩けてしまいそうになる。

身体もふわふわと浮き上がるような感覚がしてセインに抱きつくと、舌を絡めながらも身体を優しく撫でられた。

操を奪われた時はともかく、それ以降のセインがフィオラから快楽を引き出そうとするのは、ただセインが自らの快感を得る為だけの行為だと思い込んでいた。

しかしその時からきっと、セインはフィオラに対して愛情を持って接してくれていたのが、誤解が解けた今ならわかる。

そして今も優しすぎるほどの愛撫を施され、フィオラはくちづけだけで気を遣ってしまいそうなほど感じ入っていた。

身体が淫らに悶えてしまい、セインに抱きついていなければ、そのまま湯に溺れてしまいかねなかった。

だがセインはきちんと心得ているとばかりにフィオラを抱き留め、もう片方の手で乳房を優しく揉みしだき始めた。

「あん……ん、んっ……！」

そっと掬い上げるようにして手の中へ包み込むと、柔らかさを確かめるように揉みながら、その先でツン、と尖り始めた乳首を指の間に挟み、きゅううっと摘まんでくる。

「んっ……んぅっ……！」

それを何度も繰り返されているうちに、小さな薄桃色の乳首は淫らに色づき、すっかり尖りきってしまった。

そうするとセインはもう片方の乳房も同じように揉みしだき、乳首が淫らに尖りきるまで執拗に弄るのだ。

「ぁ……あン！　セインお兄様、そんなふうにしないで……」

「どうしてだ。気持ちいいだろう？」

キスを振り解いて懇願したが、感じきった表情で言っても無駄だった。

セインはすっかり決めつけた言い方をして、乳首を爪の先で速く擦りたてては摘まみ、まるで紙を縒《よ》るようにして、くりくりと弄ってくる。

「あん、んっ……そんなふうに弄ったらいやぁ……」

「どうしていやなんだ？　淫らなフィオラ……ここをこうやって弄ると堪らなく気持ちいいくせに……」

こうやってと言いながら、乳首をつま弾くように何度も何度も弾かれて、フィオラはいやいやと首を横に振った。

「ぁん……だって、恥ずかしいの……」

「オレの前では恥ずかしがる事はない。さぁ、もう充分温まった。身体を洗ってやろう」

そう言うとセインは一度だけチュッとキスをして湯殿から上がると、薔薇の香りのする石鹸をフィオラの乳房に滑らせた。

「ぁ、あん……ん……」

ミルク色の乳房があっという間に泡立つと、セインは再び乳房に手を伸ばしてきた。

泡のぬめりを利用して、まるでマッサージするように双つの乳房を揉みしだき、その頂《いただき》でツン、と尖っている乳首を同時に引っぱる。

泡のせいで指はすぐに離れていくのだが、そうするとまた乳首を摘まんで引っぱるのだ。

「あぁん……だめ、だめぇ……そんなにしたらだめなの……」

ただでさえ敏感な乳首をぬめる泡を使って刺激されて、フィオラは堪らずに身体を仰け反らせた。

しかしセインの指はどこまでも追ってきて、指先で乳首を摘まんでは、泡のぬめりを利用して、乳首がぷるん、と揺れてしまうほど弄ってくる。

「フフ、見えるかフィオラ。泡に透けて乳首がより淫らな色に染まっているのが」

「あん、いやぁ……」

思わず見てしまった乳首は確かに泡に透けていると、より淫らに見えた。

普段、身体を洗う時はなんとも思わないのに、セインに弄られていると、とても敏感になって、淫らな色になってしまうのが、とても恥ずかしい。

しかもセインは指先をまあるく動かして乳首の泡を掬い取り、ツン、と尖る乳首を強調させて、ぬめる指先でくりくりと速く擦りたててきた。

「あン、あっ……あっ！　あぁん、んん……んっ……！」

それをされると乳首の先から甘い疼きが湧き上がって、フィオラは蕩けるように甘い声をあげてしまった。

するとセインは乳首をくりくりと擦る指を休めずに、フィオラの耳朶を噛んできて──。

「これが好いのか、フィオラ？　好いなら好いと言うんだ。言わなければずっとするぞ」

「あぁん……ぃい……好いの、好いからもうやめてぇ……！」

ずっと擦りたてられたら自分がどうなってしまうかわからなくて、フィオラは羞恥に耐えながら気持ちいい事を伝えた。

するとセインはやめるどころか耳許でふと笑って、触れるか触れないか、という絶妙な触れ方で擦りたて始めた。

「あぁん、言ったのに……好いって言ったのに……」

「好いのだからもっとしてやっているんじゃないか。ほら、もっと速くすると、どうしようもなく好いんだろう？」

「いやぁん……！」

恥ずかしいのを堪えて言ったのに、さらに擦りたてられて、フィオラはセインの胸の中で身悶えた。

それでもセインは解放してくれず、敏感になりすぎた乳首を指先でそっと撫で擦る。

おかげでフィオラはあまりの快感に、青い瞳を潤ませた。

セインの言うとおりにしたのに、さらに刺激してくるなんて酷い。

そう思うのに、セインの指先がひらめく度に甘美な感覚が乳首から広がって、このままではまた乳首だけで達ってしまいそうだった。

「セ、セインお兄様……？」

「なんだ？」

「もういやなの……乳首で達くのいやなの……」

「どうしてだ……？」

目尻に溜まった涙を舐め取りながら優しく囁かれて、フィオラはあまりの羞恥に目をギユッと閉じ、自らの乳房を手で隠した。

「ち、乳首で達くと触られてなくても、セインお兄様にずっと触られているみたいで、感じちゃうの……」

だからもういやだと瞳で訴《うった》え、セインを凝視めると、溢れる涙をまた舐め取られた。

「ならばオレだけしか知らないフィオラを見せてくれるか？」

「……セインお兄様しか知らない私……？」

訳がわからず首を傾げると、セインは頬にチュッとくちづけてきた。

なんだか甘やかされているような気分になって、ついうっとりとしてしまったが、その間にセインは身体から泡を洗い流してしまい、フィオラの身体を床に寝かせた。

そして訳がわからずにただ寝そべるフィオラの手を取った。

「……セインお兄様？」

「愛している、フィオラ。昔からずっと。だからフィオラが自分で自分を愛している姿を見せてくれ」

「……自分で自分を……」

昔からずっと愛しているという言葉は胸にグッと来たが、自分自身を愛するというのは、いったいなにを意味するのかさっぱりわからない。

訳がわからず凝視めると、セインはフィオラの手の甲に熱烈なキスをした。

そうしてその手を導かれた先は、自らの秘所で――。

「やっ……！」

思わず手をはね除けようとしたが、セインの力に敵う訳もなく、手に手を重ねるようにして、淡い叢に覆われた秘所へ手をあてがわれてしまった。

「なに？　セインお兄様、なにをさせるつもりなの？」

「もう充分に潤って、ここへ早く触れてほしいと思っていただろう？」

「それは……」

確かに乳首を執拗に弄られて秘所が甘く疼いて、セインの愛撫を心待ちにしていたが、どうしてセインがフィオラ自身の手を持っていくのかまだわからない。

「心配するな。オレが一から教えてやる」

「あ、ン……！」

言ったかと思うと中指を秘裂へ押し込まれ、愛蜜をしたたらせる蜜口へ指を差し入れられてしまった。

「あ……ぁ……そんな、そんなぁ……」

そこに至って自らを愛するという意味がわかって、フィオラは全身を染め上げた。

しかも初めて触れる自らの媚壁は驚くほど熱くて、自分の指だというのにまるで心待ちにしていたとでもいうように、もっと奥へと誘おうとするのだ。

「とても熱くて気持ちいいだろう。さぁ、オレの指を真似て、抜き挿しするんだ」

「あぁん……あっ、あっ、あ……！」

セインの指も入り込んできたかと思うと、隘路で指を絡められてくちゅくちゅと抜き挿しされてしまい、そのせつないような甘い感覚に、フィオラは奥をつつかれる度に甘い声をあげた。

「あっ……あぁっ……いや、いやぁ……！」

「とてもいやそうには見えないな。フィオラの中も気持ちよさそうだ。ほら、もっと自分から動かしてみろ」

そう言うとセインは指を引き抜いてしまい、膝に手をかけたかと思うと、フィオラの脚を床につくほど大きく広げた。

「いや……いや、できません……セインお兄様がして……」

首をふるりと横に振って見上げたが、セインは目を細めて凝視めるばかりで、一向に動いてくれない。

「うぅ……」

仕方なしにそろりと指を動かしてみると、くちゅっと淫らな音がたち、それを聞いただけで羞恥に焼き切れそうになった。

「あぁん……もう許してぇ……」

「だめだ。気持ちよくなるまで続けろ。でないとまたここで達かせるぞ」

「あン……！　触っちゃだめぇ……」

乳首を指先で弾かれてしまい、フィオラは慌てて指を動かした。

「あ、ん……んっ、ん……ぁ……」

拙《つたな》いながらもくちゅくちゅと抜き挿しを繰り返しているうちに、せつなさより甘い疼きが強くなってきて、蜜口がひくひくと自らの指を締めつける。

そんな姿をセインに余すところなく凝視められているかと思うと、恥ずかしいのになぜか淫らな気分が高まっていくのを感じた。

それと同時に包皮に包まれていた秘玉が触れてほしいとせつなく疼き、その欲求に従って自ら陰唇を辿ってその先にある秘玉に触れると、もっと気持ちよくなれて——。

「あぁん、ぃい……好い、好いの……」

昂奮に包皮から剝き出しになった秘玉を、愛蜜に濡れた指でころころと転がすと、腰から下が溶けてしまいそうなほどだった。

自らの指だというのに、小さな粒《つぶ》をそっと撫でるだけで気持ちよくなれるなんて思いもしなかったが、弄れば弄るほど官能に触れて、甘い声が洩れてしまう。

「あん、んっ……んふ……」

「そこが気に入ったのか？　好い顔をする」

「いやん……ぁ……言っちゃいやです……」

淫らな表情を浮かべている事を指摘されたのに、秘玉を弄る事はやめられなかった。

そのくらい気持ちよくて、秘玉を弄るだけで達ってしまいそうなほど感じ入ってしまったが、秘玉を弄って快感を得ると、媚壁がもの足りないとせつなく収縮する。

蜜口もひくひくと淫らな開閉を繰り返し、愛蜜が糸を引いてたれていくのがわかった。

「あぁ、セインお兄様ぁ……こちらがせつないの……早くお兄様がしてぇ……」

「こちらの手が余っているだろう。ほら、先ほどと同じように抜き挿ししてみろ」

「あっ……！　あぁん、あっ、あ、あっ、あぁん……！」

もう片方の手を秘所へと導かれて、フィオラは堪えきれずに自ら蜜口の中へ二本の指を差し込んだ。

「あぁん、んっ……ん……ぃい……好ぃ……」

秘玉を転がすのと同時に奥をつつくと、今までよりもさらに気持ちよくなれて、フィオラは腰を淫らに突き上げながら指を貪婪に動かした。

しかし自らの気持ちがいいように動かしているだけあって、上り詰めるのも早かった。

セインが目と鼻の先で凝視めている事も身体を熱くして、腰がより深く突き上がる。

「あぁっ、セインお兄様ぁ……達くの……もう達くのぉ……」

「いいぞ、淫らに達ってみせろ」

情欲に掠れた声で囁かれたかと思うと、フィオラが秘玉を弄るのに夢中になっている間に、セインが両の乳首をきゅうぅっと摘まんだ。

「あ、やっ……やぁあぁぁあん……っ！」

それがあまりにも気持ちよくて、堪えきれずにフィオラは腰をガクガクと震わせながら達してしまった。

「あっ……は……っ……」

胸が上下するほど烈しい呼吸を繰り返し、まだ中に埋まっている指をきゅうきゅうに締めつけながら、しばらくはボーッとしていた。

しかしセインが愛おしそうに、顔中へチュッチュッと柔らかなキスをして宥《なだ》めてくれているうちに、ふと我に返ったフィオラは顔を覆い隠した。

「どうした、フィオラ？」

「いや……私、とてもはしたない事をしました……」

セインに唆されたとはいえ、セインの前で自ら気持ちよくなるなんて、思い返すのも恥ずかしい。

きっとあんな事はしてはいけない行為なのだ。

なのに自らが気持ちのいい触れ方をして達くなんて、はしたないにもほどがある。

それにセインが一緒ならまだしも、一人で気持ちよくなるなんてあまりにも虚しくて、なんとなく寂しい気分に陥ったのだが——。

「なにも恥ずかしがる事はない。オレだけが知っているフィオラをよく見せてくれた。オレが忙しくて相手をできない時は、今のように一人でするんだ」

「……いやです。セインお兄様と一緒でなければ、あんな事はもうしませんっ」

少しふて腐れて断言すると、セインはクスクス笑って、そんなフィオラの機嫌を取るようにキスをした。

「そう怒るな。フィオラがどんなに淫らか知っているのはオレだけだ。それにあんな姿を見せられて、オレも……」

「ぁ……」

秘所に腰を押しつけられた瞬間、蜜口に奮った灼熱を感じ、フィオラは心許ない声をあげて頬を染めた。

しかし次の瞬間、怒ったように口唇を尖らせて、身体を横にひねった。

「もう充分です。されるならお一人でしてください」

「そんなにつれない事を言うな。オレは愛するフィオラの中で遂げたい」

「う……」

「愛している、フィオラ。昔からずっと、世界中の誰よりも」

頬や目尻、おでこにチュッチュッとキスをしながら愛の言葉を囁かれて、フィオラはおずおずと正面を向いた。

まだ許した訳ではないが、愛するセインからこんなに熱烈に求められているのだと思うと、無下には断れなくて――。

「……私だけを愛してくれますか？」

「神前で誓ったとおり、いつまでも愛し続ける。たとえオレが先に死んでも、この愛は永遠に変わらない」

「不吉な事を言わないでください」

「だが事実だ。愛している、フィオラ。フィオラはこんなオレは嫌いか？」

逆に訊き返されたが、この場面でそんな質問は反則だ。

どんなに冷たくされても愛し続けていたくらい、世界中の誰よりも愛しているセインを嫌える訳がない。

思わず頬を膨らませたものの、フィオラはセインに抱きついた。

「嫌いな訳ありません。私だって愛してます」

「フィオラ」

その時の昔と同じ嬉しそうな笑顔を見たら、もう断れなかった。

フィオラからチュッとくちづけて見上げると、セインはやはり昔と同じ優しい笑顔でフィオラにキスを返してくる。

そうして何度も何度もくちづけているうちに、また床に寝かせられたが、もう抵抗はしなかった。

身体の力を抜いて逞しい腕に縋りついていると、セインはごく自然とフィオラの脚を開き、蜜口にひたりと灼熱の楔を押し当てる。

「んっ……」

しかし一気に入り込む事はなく、達ったせいでぽってりと膨らむ陰唇へ滑らせ、また引き戻しては浅く入り込む素振りをする。

「ん、ふ……」

フィオラの身体を気遣ってくれているらしく、セインはとても時間をかけて身体から緊張が抜けるのを待ってくれている。

それがわかっただけでも嬉しくて、フィオラも息を逃して身体から力を抜く努力をした。

セインにもフィオラが受け容れる努力をしているのがわかったのか、浅く出入りするだけだった熱い楔を押し込むように、徐々に入り込んできて――。

「んっ……っ……」

張り出した先端が隘路へ押し入ってくるせつない感覚に身体が逃げそうになるが、フィオラはセインの腕に爪を立てる事でなんとか留まった。

その間にもセインは徐々に押し入ってきて、とうとう最奥まで辿り着いた。

その瞬間にホッとして見上げてみれば、セインの額には玉のような汗が浮かんでいた。

久しぶりの行為で、まだ不慣れなフィオラの身体を気遣い、限界まで我慢をしてくれているのだろう。

そう思ったら四肢まで甘く痺れるほど感じて、意図せず媚壁が締めつけてしまった。

「……ッ…フィオラ……」

「あ、ん……セインお兄様……」

息を凝らしたセインは堪らずといった様子で、ずくずくと最奥をついてくる。

最初は少し苦しかったが、つつかれる度に腰の奥が甘く疼いて、どんどん気持ちよくなってきた。

そのうちにゆったりとした抜き挿しを繰り返されて、フィオラは背を仰け反らせた。

「あぁっ……あ、あっ、あぁ……あ……」

フィオラが感じきった声をあげ始めると、セインは抜き挿しを徐々に速くした。

それでもフィオラがセインについていくと、腰を掴んで烈しいグラインドを繰り返す。

「あっ、あぁ……セインお兄様ぁ……」

「気持ちいいか……？」

「は、はぃ……ぁ……もちいいです……」

まだ照れはあるものの、コクコクと素直に頷くと、セインはニヤリと笑って、最奥をずくずくと突き上げてきた。

「あぁん……！」

くちゃくちゃと猥りがましい音がたつほど烈しく掻き混ぜられる度に、腰が淫らに躍ってしまう。

それがいつしかセインの動きと合わさって、得も言われぬほど気持ちよくなってきた。

なによりセインとひとつになった事を実感できて、心からの悦びが湧き上がってくる。

まだまだ不慣れなものの、セインの腰に脚を絡めて、さらに深く繋がると、ようやく心を通い合わせる事ができたようにも感じて、嬉しさに青い瞳が潤んだ。

「苦しいのか……？」

「いいえ、いいえ……ようやくセインお兄様と結婚した実感ができて、嬉しいんです」

涙目で微笑むと、中にいるセインがびくびくっと震えて嵩を増した。

「あぁん……！　も、すご……」

「どうすごいんだ……？」

「あん、んっ……セインお兄様でいっぱいなの……」

隘路をみっちりと埋め尽くされているようで、息も絶え絶えに答えると、その狭くなった中をセインは烈しく出入りする。

「あぁぁん……ん、あっ……あ、あっ……！」

媚壁を捏ねるように思いきり擦りたてられて、最奥をつつかれると頭の中で真っ白な閃光が瞬くようだった。

「あぁ、セインお兄様……どうか私を摑まえてて……」

「あぁ、フィオラ……ッ…」

魂ごとどこかへ吹き飛んでしまいそうなほどの快感に、思わず手を伸ばすと、セインは迷う事なく手を取ってくれる。

そして指と指をしっかりと絡めて、快感に息を凝らしながらも僅かに微笑んでくれた。

もう二度と離さないと伝えてくれているようで、とても幸せな気分になれた。

そして心から幸せが溢れ出して、それが身体にも伝わったようだった。

「……まいった。もっとじっくりとフィオラを味わうつもりだったのに……」

限界だ、と耳許で囁かれたかと思ったら、頬にチュッとキスをされて、それからセインは言葉もなく快感を追い始めた。

「あぁっ……！　あっ、あっ、あっ、あっ、あ……！」

もちろんついていくのがやっとだったフィオラも、本気を出したセインにつられてしまって、身体が弓形に反るほどの快感を味わい、最奥をつつかれる度に甘い声をあげ続けた。

それでも繋いだ手と手は離さずに、二人して快感の極みを目指す。

その時の一体感はなんともいえず幸せで、心が甘く蕩けてセインの心と混ざり合った気がした。

身体を通してセインの愛が伝わってくるように、自分の愛する気持ちも、きっとセインに伝わっている筈。

そう確信できて、あとはもうなにも言葉はいらなかった。

以前まではセインが一方的にフィオラを快感の淵へ追い込んで、それにただ翻弄されていただけだったが、今日の交歓で初めて身体で対話できた気がする。

それが嬉しくてフィオラも積極的にセインの動きに合わせて腰を使い、一緒に快感の高みを目指した。

「あぁっ……セインお兄様ぁ……私、もう……」

「あぁ……」

限界を訴えると心得ているとばかりに頷いたセインに、ふいに抱き上げられた。

そしてセインと向き合うように抱きしめられて、肌を打つ音がするほど烈しい抜き挿しを繰り出され、双つの乳房が躍るほど上下に揺さぶられる。

「あぁん……深い……」

「大丈夫だ、オレがしっかり掴まえているから……」

逞しい肩に掴まって身を任せると、今までよりもさらに快感が深くなった気がした。

頭の中では相変わらず、真っ白な閃光が瞬き、もう少しも堪えきれずにセインの肩に爪を立てた。

「……ッ…フィオラ……」

「あっ、あぁっ……あ、やっ……やぁぁあぁん……っ！」

またびくびくっと震えたセインに最奥をつつかれた瞬間、ふいに絶頂が訪れて、フィオラは身体を絞るようにして達してしまった。

その締めつけが好かったのか、セインもほぼ同時に達して、最奥に熱い飛沫を浴びせる。

「んっ……ぁ……あ……」

腰を何度か突き上げられて、最後の一滴まで出し尽くしたセインは、ふと息をつくと肩で息をしながらも、噛みつくようなキスを仕掛けてきた。

「んぅ……っ……ぁ……」

もちろんフィオラも息も絶え絶えといった状態だったが、そのくちづけを受け容れ、舌と舌を絡め合い、最高に気持ちのよかった交歓の名残を味わった。

そしてキスはそのうちに穏やかなものとなり、どちらからともなく微笑み合い、おでことおでこをくっつけ合った。

「愛しています、セインお兄様」

「オレもフィオラを愛している……が」

なにか言いたげな表情を浮かべるセインに、フィオラは首を傾げた。

するとセインは少し拗ねたように口唇を尖らせて——。

「いい加減に、その『お兄様』はやめないか?」

「どうしてですか?　だってセインお兄様はセインお兄さ……むぐぐ!」

途中で口を覆われてしまい、フィオラは慌ててセインの手を払いのけた。

「ぷは!　もう、なにをいきなり」

恨みがましく凝視めると、セインはどこか微妙な表情を浮かべて、そっぽを向く。

「昔は確かに兄のような存在だったが、今もセインお兄様と呼ばれると、なにかいけない事をしている気分になる」

「い、いけない事？」

「兄が妹に悪戯しているようじゃないか。それにオレはもうフィオラの夫だぞ？　いつまでもお兄様などと呼ばずに、これからはセインと呼べよ」

セインとしては、いつまでも兄のような存在と思われているのがおもしろくないらしい。

しかしフィオラからすれば、呼び慣れてしまった呼び方を変えるのはなかなか難しくて。

「いきなりそう呼べって言われても、なんだか恥ずかしいんだもの……」

「いいから呼べって」

「う……」

顔を近づけられて、目を真っ直ぐに凝視められ、フィオラはこれ以上ないというほど赤面した。

たった今までもっとすごい事をしていたのに、ただ呼び方を変える事のほうが、なんだか照れくさくて。

「フィオラ？」

セインに乞うように見詰められたらもう折れるしかなくて、フィオラは覚悟を決めた。

「……セイン……」

「もっと大きな声で」

「……セイン」

「なんだ、オレのフィオラ?」

よくできましたとばかりに頭を撫でられて、なんだか子供扱いされた気分になったが、セインが嬉しそうにしているのを見ていたら、どうでもよくなった。

「愛しているわ、セイン」

「いい響きだ。もう一度」

「もう、愛しているわ、セイン。誰よりもずっと」

心からの言葉を口にすると、セインは嬉しそうにくちづけてくれた。

ただ呼び方を変えただけなのに、そこまで喜んでくれるのなら、喜んで呼び方を変えようと思った。

「セイン、私をずっと愛してね?」

そして心からの願いを口にすると、返事の代わりにくちづけを受けて、フィオラは幸せを噛み締めながら、いつ終わるとも知れないキスを続けたのだった。

第五章　遅咲きの蜜花

小鳥のさえずる声を聞いた気がして、フィオラはあくびを嚙み締めつつ目を覚ました。

窓の外を見れば、もう昼の陽射しが差し込んでいて、今日もまたずいぶんと遅くに起きたようだった。

そして隣を見ればセインが静かな寝息をたてていて、フィオラはこっそりと微笑んだ。

宮殿で休暇中のセインは、本当に安らかな寝顔で眠っていて、政務をこなしていた時の疲れを思いきり癒しているようだった。

寝る間もないほど忙しく働いていたのだから、せめて宮殿にいる時だけでもゆっくりと眠ってもらいたくて、フィオラはセインの眠りを邪魔しないように、ベッドからそっと離れようと思ったのだが——。

「きゃっ……!?」

身体が引っぱられたかと思ったら、再びベッドへ沈んでしまい、セインの逞しい胸へ倒れ込んでいた。

慌てて身体を離そうと思ったが、そのまま抱き留められて困っていると、セインはふと目を開いて、困惑《こんわく》しているフィオラの口唇へチュッとキスをして笑いかけてきた。

「オレの目を盗んでどこへ逃げるつもりだったんだ?」

「逃げるつもりなんてありません。ただ、セインはぐっすり眠っていたから、起こさないようにと思っただけです」

少し拗ねて口唇を尖らせると、セインはまたチュッとキスをして、それから眠気覚ましに大きく伸びをした。

「さすがに五日も休暇を取れば、疲れも取れる」

あの夜から五日が経ち、六日目の朝を迎えたのだが、セインは確かに元気を取り戻しているようで、目覚めも良さそうだった。

そんなセインの胸に閉じ込められて、フィオラも思いきり幸せに浸っていたのだが――。

「あぁ、でも少し色疲れはしているけどな」

「色疲れ……?」

初めて聞く言葉に首を傾げると、セインはニヤリと笑って、そんなフィオラの腰を引き寄せ、ネグリジェに包まれた双つの乳房に顔を埋める。

「あん、もうくすぐったいわ」

セインの顔を引き剝がして怒った顔をしてみせると、セインは尚も乳房に顔を埋めてクスクス笑う。

「フィオラは疲れていないのか？」

「え……」

「毎日のように愛し合っているのに、疲れていないのか？」

悪戯っぽく目を眇めて訊いてくるセインを見て、フィオラはようやく『色疲れ』の意味を知り、頰をポッと赤らめた。

「そ、それはセインが毎日迫ってくるから、もちろん疲れているわ」

そうなのだ。セインときたら休暇に入ってからというもの、夜と言わず明るいうちでも、フィオラが欲しくなると構わずに迫ってくるのだ。

まだまだ初心なフィオラは誘われても躱す事ができなくて、毎回なんだかんだ言いつつも言葉巧みに丸め込まれて、けっきょくセインに求められるまま身体を繫げていた。

おかげでこうして昼まで寝ている事が多くなり、とても不規則な生活を送っていた。

「そうか、疲れてるなら仕方ない。起き抜けに愛し合おうと思っていたが……」

「だ、だめ！　せっかくの休暇中なのに、部屋にこもってばかりいたらいけないわ」

思わせぶりな目つきで凝視められて、フィオラは慌てて却下した。

このままではせっかくの休暇が、寝室で過ごすだけで終わってしまう。

それになによりアニーナを始めとした女官達に、顔向けできない。

もちろん二人の邪魔をするような真似は決してしてこないが、二人でブランチを食べて戻ってくると、ベッドがきちんと整えられているのを見ると、なんだかいたたまれない気分になるのだ。

「ねえ、セイン？　今日は外で過ごしましょう？　ピクニックをしてもいいし、乗馬をしてもいいわね」

いい事を思いついたというように、にっこりと微笑んで提案してみたが、セインはめんどくさそうに顔を歪める。

「せっかく二人きりで過ごせる蜜月《みつげつ》なのに、城外へ出たくない」

「蜜月……」

思わず言葉を繰り返し、この休暇が蜜月だという事をようやく自覚した。

そして自覚した途端にますます頬を赤らめると、セインはやれやれといった様子でため息をつく。

「政権が交代して、国が混乱しているのを治める為にも、ほとんど寝ずに働いたおかげで、結婚してもロクな蜜月もあったものじゃなかったからな」

だからフィオラとできるだけ二人で過ごしたいのだと、セインは言う。

確かにセインが国を背負って立つ身となり、フィオラも会えない日々を堪えてきた。

そう考えると二人きりで過ごす時間の、なんて貴重な事か。

「それに城外へ出たら目敏《めざと》い民衆に見つかって、二人きりもなにもあったものじゃないし、城外へ出るのはごめんだ」

言われてみれば、なるほどと思える部分もあり、フィオラはセインに抱きついた。

せっかく二人きりで過ごせる時間を青の大天使がくれたのだから、二人きりで有意義な時間を過ごすほうが楽しいに違いない。

「わかりました。私もセインと二人きりのほうが嬉しいですし、外へ出るのは諦めます」

「ならばこのまま愛し合うか？」

頬にチュッチュッとキスをされて、フィオラはくすぐったさにクスクス笑いながらも、セインから顔を隠した。

「こら、なにも逃げなくていいだろう」

「だってくすぐったいんですもの。それと今から愛し合うよりも、まずはブランチを食べましょう？」

「そうだな……確かに腹は減った。よし、シャワーを浴びてブランチにしよう」

セインがようやくその気になってくれた事にホッとして、交代でシャワーを浴び、身支度をした。

そうして二人して仲良く腕を組み、庭を見渡せるテラスへとやって来ると、まるで二人の会話を聞いていたかのように、アニーナとできたてのブランチが二人を待っていた。

「おはようございます、セイン総統、フィオラ様。そろそろいらっしゃるかと思って準備をしていたところです」

「おはよう、アニーナ。すごいごちそうね」

ダイニングテーブルにセッティングされた大好物ばかりが揃ったブランチを見て、フィオラはにっこりと微笑んだ。

バスケットに盛られた焼きたてのパンは香ばしい香りがしていて、薔薇のジャムの他にもフルーツジャムに蜂蜜、それに氷水に浮かんだバターがあって、陽射しにキラキラと輝き、まるで宝石のようだった。

新鮮なハーブサラダの緑も鮮やかで、真っ赤なトマトが彩《いろど》っている。

そして席へ着くなり運ばれてきたメインは、肉好きなセインには分厚いステーキが供《だ》され、起き抜けにそこまで重たい食事はできないフィオラには、皮目をバターでこんがりとソテーした白身魚が供された。

「セイン総統が宮殿にいらしてから、フィオラ様が以前よりよく食べられるようになって、とても嬉しいですわ」

「適度な運動をしているから腹が空くんだろう」

「あら。うふふ、そうかもしれませんわね」

「セ、セインッ!?」

コーヒーを淹れながらアニーナが微笑むのを見て、フィオラはこれ以上ないというほど真っ赤になった。

愛し合っている行為を、適度な運動だと平然として言うセインが信じられない。

「それでは邪魔者は消えますので、なにかございましたら呼んでください」

アニーナが一礼して去っていくのを待って、フィオラは恨みがましい目つきで睨んだ。

女官達が夫婦となった二人の熱愛ぶりを、充分に承知しているのはわかっているが、こうもさらりと口にできる神経を疑ってしまう。

「そう怒るな。少しくらい惚気《のろけ》てもいいだろう。ほら、冷めないうちに食べるぞ」

「もう……」

あまり惚気ているようには聞こえなかったが、美味しい料理を無駄にはできなくて、フィオラも文句を言うのは諦めてカトラリーを手にした。

そうしてひと口大に切った白身魚を食べると、身がほろりと解れてとても美味しく、おなかが空いていた事を思い出した。

セインもさっそく分厚いステーキに取りかかって、美味しそうに食べている。

「そういえば、どうして最初から毒を疑ったの？」

食欲旺盛なセインを見ているうちに、ふとコレットが毒を盛っている事を最初から疑ってかかっていた事が思い出された。

「フィオラの手作りとはいえ、フィオラの手から離れたら、それはもう疑いの対象だ。それにコレットが運んできた時、食べた感想をフィオラが知りたがっていると言ったのを聞いて、ピンと来た」

「コレットがそんな事を……」

「フィオラなら押しつけがましく、食べた感想など求めないからな」

当然のようにフィオラの性格をわかっているセインに、フィオラはふんわりと微笑む。

とても明るくて元気な女官だと思っていたが、あの正体を明かした時の変わりようには本当に驚いた。

もうこの世にいない人物を思い出しても仕方がないとはわかっているが、コレットが盛った毒で青の大天使が倒れなくて本当に良かった。

「こら。またあの日の事を思い出しているな？」

「ごめんなさい。もう平和な時代が訪れようとしているのはわかっているけれど……」

父王が毒殺されて亡くなってから、血なまぐさい出来事が多くありすぎて、フィオラの中ではまだ消化し切れていない部分があり、つい曇りがちな表情を浮かべると、セインに髪をくしゃりと撫でられた。

「もうなにも心配する事はない。オレがついているから安心しろ」

「ええ、わかっているわ。どうもありがとう」

「食事をしたら忘れるような事でもするか？」

色っぽく流し見られて閨へ誘われている事がすぐにわかり、フィオラは頬を膨らませた。

「もう、セインったらそればっかりなんだから」

「薔薇のソルベを持って来させるから、そう怒るな」

くっくっと笑ったセインは、アニーナを呼んで食後にフィオラが必ず食べる薔薇のソルベを頼んでいた。

その様子を黙って見ているうちに、怒っている事がばからしくなってきて、フィオラは諦めたようにため息をつく。

それにセインとせっかく二人きりの時を過ごしているのに、過去の出来事を思い出して沈んでいてもつまらないばかりだ。

だからフィオラも気持ちを切り替えて、セインをジッと凝視める。

「ねぇ、セイン？」

「なんだ？」

「食後に庭を散策しましょう？　それならいいでしょう」

上目遣いで凝視めると、セインはやれやれといった様子で苦笑を浮かべる。

「テラスで食事をするだけでは物足りないのか？」

「もっと近くで青い薔薇を見たいの」

「わかった、ならば今日は庭の散策に決定だな。予定も決まったし、早く食べよう」

ようやく健全な休暇を過ごせる事に、フィオラはにっこりと微笑んで、セインに負けないくらい大いに食べた。

そして薔薇のソルベまで綺麗に平らげると、セインに微笑みかけてから空を見上げた。

雲ひとつない空を眺めるととても気持ちよくて、今日はいい一日になりそうだった。

◇◇◇

「見て見て、セイン。水色の薔薇を見つけたわ！」

セインと腕を組んで青い薔薇が咲く庭を散策しているうちに、フィオラは水色の薔薇を見つけて嬉しそうに近づいた。

青い薔薇の中で一輪だけ咲いている水色の薔薇は、白い薔薇と交雑した結果、たまに咲く事があり、水色の薔薇を見かけたらそれは幸福の予兆として、ランディーヌ王国では珍重されていた。

「部屋に飾るか？」

「いいえ、見つけただけで充分。きっといい事があるから、このまま咲かせてあげたいわ」

水色の薔薇を見つけられただけでも嬉しくて、フィオラはとても気分がよかった。

なによりセインと一緒に庭を散策するなんて、幼い頃以来の事だから余計に嬉しくて。

セインも久しぶりにフィオラの庭を散策して、なにか感慨深げだった。

「この庭だけは変わってないな」

「私だって変わってないわ」

年齢は重ねたものの、本質の部分は変わっていないし、なによりセインを愛し続ける気持ちは、あの頃からずっと変わっていない。

だから自信を持って言ったのだが、セインは肩を竦めてみせる。

「フィオラはずいぶん変わったぞ」

「あら、どこが？」

変わったつもりなどないが、セインにはなにか変わったように見えるのだろうか？

不思議に思って首を傾げてみせると、セインは優しい眼差しでフィオラを凝視める。

「オレに心も身体も愛されて、ずいぶん綺麗になった」

「き、綺麗だなんて……」

臆面もなく断言されて、フィオラは頬を赤らめた。

確かにそういう面では変わったといえば変わったかもしれないが、根本的なところは変わっていないと思うのだが。

しかしセインに美しく映っているのなら、それ以上に嬉しい事はない。

少し照れながらもふんわりと微笑んだフィオラは、セインの肩に頭を預けたまま凜々しい顔を凝視め、さらに笑みを深くした。

「セインも変わったわ」

「オレも？」

「ええ、以前は私に冷たかったのに、昔以上に優しくなったもの」

愛されていると実感できる今なら言えて、少しだけ睨む素振りをした。

するとセインは苦笑を浮かべ、フィオラの髪へチュッとくちづけてくる。

「許せ。フィオラに愛されているのはわかっていたが、王子だった頃や近衛兵の頃はそれに応える事はできなかった」

そしてフィオラを守る為に国を造り替えている間は政治に忙しく、己を律してきたのだとセインは言う。

「国さえ安定したら、心から愛するつもりでいた」

「それが今なのですね？」

「あぁ、そのとおりだ」

優しく微笑むセインを見て、フィオラも微笑み、逞しい肩に頭を預けて、青い薔薇が咲き乱れる庭の奥へと歩いていく。

それだけでも心が満たされて、とても穏やかな気持ちで甘い香りが漂う庭を散策した。

できる事なら歳を重ねても、このまま仲睦まじく、こうやって庭を散策したい。

そこにはきっと、愛おしい子供が加わっているかもしれない。

そんな遠い未来を思い浮かべて微笑むと、セインに顔を覗き込まれた。

「なにを考えていた？」

「いつまでもこうやって仲良くいたいと思ってました」

「オレも似たような事を考えていた」

同じ気持ちでいたのが嬉しくて、フィオラはセインの腕にギュッと抱きついた。

「セインは何人、子供が欲しい？」

「フィオラに似た美姫《びき》をたくさんと、ランディーヌ王国を担う王子が三人くらい欲しい」

「そんなに産めるかしら……」

フィオラもできればたくさんの子供が欲しいと思っていたが、セインの希望を叶えるとしたら、少なくとも四人以上は産まなければ。

それを想像しただけで深刻な顔をすると、セインはプッと噴き出して、髪をくしゃりと撫でてくる。

「そんなに真面目に捉えるな。すべては神が采配してくれる」

「そ、そうよね。神様から授かるんですもの」

こればかりは自分達の意思でどうにかなるものではないし、自然に任せるしかない。

といっても、セインにかかれば、すぐにでも子供を授かりそうだが。

そのくらいここ数日は、まるで今までの隔《へだ》たりを埋め尽くすかのように、毎日愛し合っていて、いつ懐妊《かいにん》してもおかしくはなかった。

アニーナや他の女官達も、セインと愛し合う行為に勤しむ事を喜ばしく思っているらしく、セインが宮殿入りしてからというもの、今まで以上に華やかな雰囲気になっている。

みんながフィオラの懐妊を、今か今かと待ち望んでいるのだ。

それは国民もきっと同じように思っているに違いなく――。

「…………………」

なんだかそんな事を考えているうちに、責任が重くのしかかってきた。

自分から振った質問だったが、よくよく考えると、とても重要な問題だ。

ごく自然と子供を授かればなんの問題もないが、もしも子供を授からずにランディーヌ王国が滅びてしまったら、いったいどうしたらいいのか――。

「フィオラ？　なにを難しい顔をしているんだ？」

「……セイン、私はきちんと赤ちゃんを産めるのかしら？　もしも産めない身体だったらどうしたらいいのか……」

真剣な表情で見上げると、セインは苦笑を浮かべて、まるで励ますように頬にチュッとくちづけてくれた。

「なにかおかしな方向に想像が膨《ふく》らんだようだな。心配するな、これだけ愛し合っていれば、必ず生まれるに違いない」

「私もそう思うのだけれど、アニーナ達や国民に期待されているかと思うと、なんだか心配になってきて……」

不安な面持ちで、セインにギュッとしがみついた。

そうしていなければ、責任に押し潰されそうな気分になってしまったのだ。

庭に散策へ出たまでは楽しい気分だったのに、いつの間にか楽しい気分はどこかへ吹き飛んでしまい、頭の中が懐妊の事でいっぱいになったその時――。

「きゃあ!?」

いきなり宙に浮いたかと思ったら、セインに抱き上げられていた。

そしてフィオラが混乱している間に、セインは元来た道をフィオラを抱き上げたまま歩き出し、宮殿へと戻った。

「あら、どこかお怪我でも？　もう散策は終了ですか？」

「しばらく寝室へこもる。食事時になっても声はかけてくれるな」

「あら……」

途中、アニーナとすれ違ったが、セインは遠慮のないひと言でアニーナを黙らせた。

そしてセインの意図するところを察してしまい、フィオラはこれ以上ないというほど真っ赤になった。

「セ、セインお兄様、しばらく寝室へこもるって……」

「こら。またお兄様が出てるぞ」

ジロリと睨まれて縮こまったが、咄嗟の時はつい以前の呼び方に戻ってしまうのだ。

しかもベッドへ寝かされ、靴を放り投げるように脱がされるに至って、セインが本気で事に挑もうとしているのがわかり、フィオラはつい及び腰になった。

「こら、逃げるな。今からたっぷり注ぎ込んで、子供を必ず作るからな」

「そ、そんな……できるかできないかわからないのに……」

「だからそれを今から試すんだ」

「け、けれど……」

恐怖を感じている訳ではないが、伝わってくる意気込みに圧倒されてしまって、恐いくらいなのだ。

だから怯えてベッドヘッドに張りつくと、セインは服を脱ぎ捨てながら、気持ちを切り替えるように長い息をついた。

そしてベッドへ上がってきたかと思うと、ベッドヘッドに手をついて、フィオラを腕の檻に閉じ込めた。

「ぁ……」

逃げ場を失って戸惑いつつもセインから目を離せずにいると、顔を少し傾けたセインに口唇をそっと塞がれた。

「んっ……」

まるで怯える事はないと言っているように、セインのキスはどこまでも優しくて、チュッと音がたつほどそっと吸われる。

それを何度も繰り返されているうちに、強ばっていた身体から力が抜けて、フィオラもセインに応えた。

お互いに口唇を食むように優しく吸っては、至近距離で目と目を合わせ、そしてまたくちづける。

吐息が触れ合うのもなんだか妙に感じてしまって、次に目を合わせてからくちづけた時、どちらからともなく舌と舌を絡ませていた。

「んふ……」

チュッと吸われたのに応えて吸い返し、吐息も分け合うようなキスを続けていたら、フィオラも少しずつ大胆になってきた。

セインを愛おしく思う気持ちが溢れ出して、想いの丈を伝え合うように舌を擦り合わせるのが堪らなく好い。

「ぁ、ん……」

舌の先だけをそっとくっつけるだけでもジン、とした甘い痺れが走って、つい媚《こ》びるような声が溢れると、セインはその声ごと奪うように口唇を合わせてくる。

「んふ、んっ……」

どこかしっとりと熱を孕《はら》んだくちづけは、ますますエスカレートしていく一方だった。

キスを続けながらお互いに身体を撫で合って、存在を確かめ合って。

そんなキスを続けながら、セインはフィオラのドレスのボタンを外し始めた。

それでも抵抗しないで、セインのするがままにしていると、首許からひとつ、ふたつとボタンを外され、最後のひとつを外された瞬間、大きな双つの乳房がドレスを押しのけるようにして弾み出てしまった。

「ぁン……ん……」

ミルク色の乳房の感触を確かめるように、セインの手指が乳房に食い込んでくる。

そうして指先が徐々に頂を目指して、ゆっくりと近づいてくるのがわかり、感じてしまう予感と期待がない交ぜになって、乳首が早くも尖り始めてしまった。

キスを続けながらも胸がドキドキと高鳴って、セインの五指を意識していると、とうとう指先が乳首を摘まんで、そっと引っぱるようにして離れていった。

「あぁん……ん……」

それがあまりにも気持ちよくて蕩けきった声をあげると、セインはまた乳房を鷲掴み、頂まで指を滑らせて、乳首を引っぱるように摘まむのを繰り返した。

「んやっ……あ、あぁん……悪戯しないで……」

乳首が甘く疼くのが堪らなくて、フィオラはキスを振り解き、セインを睨んだ。

しかし情欲に潤んだ瞳で睨んでも、ちっとも効果はなかった。

むしろクスッと笑われて、そのままベッドへもつれ込むように押し倒されてしまった。

「あん……ドレスが皺になっちゃう……」

「ならば脱いでしまえばいい」

おでこにチュッとキスをされて、はだけたドレスを肩から引き下ろされたら、あとは簡単だった。

腰のリボンを解かれて、スカートを勢いよく引っぱられると、あっという間に生まれたままの姿になった。

「そんなに見ないで」

「なぜ。いつまでも見ていたいくらい、綺麗な身体だ」

「……恥ずかしい……」

褒められているのはわかるし、もう何度も見られているが、恥ずかしいものは恥ずかしくて身体を捩ろうとした。

「こら、隠すな」

「あん、だって……」

すぐに引き戻されてベッドに縫い付けられたかと思うと、また深いキスを受けた。

フィオラも応えてセインと同じように、逞しい身体を撫でる。

「こら、古傷に触るな」

「いや。だってこの傷もセインの一部ですもの。この傷も含めてセインを愛しているの」

言いながら古傷を指先で辿ると、セインは息を凝らしてフィオラの首筋に顔を埋めた。

そしてフィオラと同じように身体のラインを撫で下ろしては、また撫で上げ、その先にある双つの乳房を掬い上げるように揉みしだいてくる。

「あ、ん……ん……」

首筋を舐めながら乳房を揉まれると、どちらからも甘い疼きが湧き上がってきて、少しもジッとしていられない。

「あぁっ……あっ、あ、ん……」

身体を波打たせるようにシーツの上で悶え、セインの愛撫をやりすごそうとした。

それでもセインはどこまでも追いついてきて、首筋から乳房に向かってキスをする。

同時に乳房を揉みしだいている手指が尖りきった乳首をまあるく撫でてきて――。

「あん、ん……ぁ……あっ……！」

右の乳首を指先で摘まれ、左の乳首を口唇の中へちゅるっと吸い込まれ、舌先で擦りたてられる。

弄られているほうの乳首も爪の先で速く擦られると、どちらも気持ちよくて、甘い声がひっきりなしにあがってしまった。

思わず縋る物を探してセインの髪に指を埋めると、舌全体を使って乳首を搦め捕られ、思いきり吸われた。

「あぁん……！　あっ、あぁ……そんなに吸っちゃだめぇ……」

だめだと言っても聞こえないとばかりに何度も何度も吸われて、もう片方の乳首も円を描くようにころころと転がされ、たまに摘まんで引っぱられる。

「んふ、ん……あっ、あぁ……セイン、セイン……！」

どちらの乳首も甘く疼いて、フィオラは堪らずに胸を突き出すよう背を仰け反らせた。

するとそれを待っていたかのように、セインはさらに熱心に愛撫を施してくる。

「あン……！　それ、だめぇ……！」

ちゅるっと吸って、尖りきった乳首からようやく口唇を離したかと思ったら、舌先でちろちろとつつかれた。

そしてたまにざらついた舌でべろりと舐められて、また小刻みに舐められる。

もう片方の乳首も何度も軽く引っぱられ、堪らずに身体を捩ったが、すぐに引き戻されて、胸への愛撫はそのままに、セインは秘所へと食指を伸ばした。

「あっ……あぁっ、そんなにいっぱいだめぇ……！」

とうに潤っている蜜口から愛蜜を掬い取ると、セインは昂奮に包皮から顔を出す秘玉を指先でころころと転がす。

その途端に身体が甘く淫らな疼きを発して、乳首もより凝ってしまった。

「あんん……ぁ、あっ、あぁっ、あ……！」

敏感な乳首と秘玉を同時に弄られるのは、気持ちよすぎてもうどうにかなってしまいそうだった。

特に乳首を吸われながら、陰唇から秘玉にかけてを撫でられると、蜜口がせつなく開閉を繰り返して、早くもセインを欲しがる素振りをする。

「あぁ、もう許してぇ……」

甘美な刺激に身体がどんどん強ばってきて、無意識のうちにぴくん、ぴくん、と跳ねる。

しかしセインは乳首と秘玉を同時に弄る事をやめてくれない。

フィオラが蕩けそうに媚びた声をあげるのが気に入ったらしく、じっくりと愛撫を施してくるのだ。

「あぁ、もうだめぇ……！」

「……まだ大丈夫だろう？」

「んんん……いやっ、もう少しだったの。お願い、やめちゃいやぁ……！」

セインはフィオラが達きそうになると、愛撫をふとやめて、身体を優しく撫でてきた。

おかげで甘く疼いていた熱が一気に退いていき、高まっていた身体が落ち着きを取り戻してしまう。

「あ、ん……っ……」

「わかったわかった、やめてほしくないんだな？」

「あぁん……！　いや、変になっちゃう……」

上下させていた胸が落ち着いてくると、セインはまた乳首をちろちろと舐めて、乳首と秘玉を同時に擦りたてた。

その途端に身体の中で燻《くすぶ》っていた熱が再燃して、フィオラは戸惑いつつも感じ入り、快美な刺激を堪えようと、つま先をくぅっと丸める。

薄い腹にも力を込めて、すぐにでも来そうな絶頂に身体が準備を始めると、セインはぷちゅくちゅと粘ついた音をたてなおも擦りたてる。

「んふっ……ふ、ん……あ……ぁ……！」

いったん再燃した熱は身体の中を荒れ狂い、あっという間に高みまで上り詰めていくようだった。

「あは……も、もうっ……！」

開かれた脚がガクガクと震えてしまうほど感じ入って、すぐに達してしまいそうな予感に全身を強ばらせたのだが——。

「いやぁあん……！　もういやぁ……！」

セインはまた一斉に触れるのをやめてしまい、あとほんの少しの刺激で達けたフィオラは、髪を振り乱し、シーツの上で身体をくねらせた。

「んんんっ……ぃや……もういやぁ……」

絶頂を何度もはぐらかされているうちに、すっかり疲れ切ってしまったが、フィオラは淫蕩《いんとう》な表情を浮かべるようになった。

「いい顔になってきたな」

「……いい、顔……？」

「男を誘惑して堕とすほど、美しい表情を浮かべるようになった」

頬にチュッとくちづけながら、セインが抱きしめてくるが、フィオラは身体を捩ってキスを振り解いた。

「んや……達かせてくれないセインは嫌い……あん、もう変になっちゃう……」

身体がびくびくっと痙攣して、堪らずに背を仰け反らせてやり過ごそうとするが、両方の乳首も昂奮する秘玉も、どちらもせつないほど甘い疼きを発していて、本当にどうになりそうだった。

セインに触れられていた時の感触がまだ薄く残っていて、感じる場所すべてがとろ火で炙《あぶ》られているように感じるのだ。

「そう怒るな。今度こそ達かせてやるから」

「ほ、本当に……？」

フィオラは熱に潤んだ瞳で、とろんとセインを凝視めて、真偽を探ろうとした。

また途中でやめられたら、きっと本当におかしくなって、セインの愛撫がなくとも達してしまうかもしれない。

しかしいつも与えられる深い絶頂ではなく、軽い絶頂が駆け抜けるだけな気がした。

ここまで高められたのに、あっさりした絶頂など欲しくない。

頭の中が真っ白になるほどの絶頂を味わいたくてセインに抱きつくと、セインも心得ているのか、焦らすような素振りは見せなかった。

「あ、ん……んっ……あぁっ、ぃい……好いの……」

いつの間にか両方の乳首を指でくりくりと弄られ、セインは時々、淫らにうねる薄い腹にある臍《へそ》を舐め、そのまま舌先だけでツ、と撫で下ろしていった。

「あぁん！　あっ、そんなぁ……な、舐めちゃだめぇっ……！」

淡い叢を口唇で食まれた瞬間、ハッと気づいて身体を起こしかけた。

しかし柔らかいのにざらりとした舌の先で秘玉をころころと転がされた瞬間、腰から下が溶けてなくなった気がして、フィオラはまたベッドに倒れ込んだ。

「あン……！　あぁ、あっ……あぁん……」

ぴちゃ、くちゅ、と淫らな音をたてて秘玉を舐められたかと思うと、陰唇を掻き分けるように舐め下ろし、蜜口をじっくりと舐めてくる。

「あ、ん……好い……好いのぉ……」

セインの舌がノックするようにひたひたとくすぐると、きゅっと閉じていた蜜口が、ま

るで返事をするようにひくひくと淫らな開閉を繰り返すのがわかった。

それが恥ずかしいのにものすごく気持ちよくて、腰が浮くほどガクガクと揺れてしまう。

「あぁん……セイン、セイン……達っちゃう……もう達っちゃうぅ……！」

セインの髪を掻き混ぜながら絶頂が近い事を伝えると、セインは秘玉を舌先で搦め捕り、そしてちゅるっと思いきり吸い込んだ。

「あ、やぁあぁあぁ……！」

小さな粒をちゅううっと吸われる度に、頭の中が真っ白になるほどの絶頂を感じ、フィオラは腰を淫らに突き上げた。

「あぁん……あっ、また……また達っちゃうぅ……！」

秘玉を何度も何度も吸われて、その度に深い絶頂を味わい、フィオラは全身をびくびくと痙攣させる。

堪えようと思っても、秘玉を吸われると身体が大袈裟なほど反応してしまうのだ。

「あん……もう、いやぁ……！」

強すぎる快感が逆に辛くなってきて、フィオラは力の入らない身体を捩り、セインから逃れた。

そして快感の余韻に浸りながら、肩が上下するほど速い呼吸を繰り返した。

「はぁ……ぁ……」

もうなにも考えられなくなるほどボーッとしてしまい、しばらくは快楽の極致に浸った。

その間、セインは身体を撫でては、時々チュッチュッとキスをしてくるのだが、それに反応する事もできないくらい深い快感に、青い瞳もとろん、と蕩けさせていた。

「とてもいいものを見せてもらった」

「ん……」

耳許で囁かれ、フィオラは肩をぴくん、と竦めながらもセインを流し見た。

するとセインはクスクス笑い、そんなフィオラの頬にチュッとくちづけてくる。

そしてシーツに身体を投げ出すフィオラの秘所へ手を伸ばすと、秘裂へ指を忍び込ませて、蜜口の中をくちゅくちゅと掻き混ぜ始めた。

「あん、やん、少し休ませて……」

心から乞うたのに、セインは休ませてくれるつもりはないようで、ちゃぷちゃぷと音がたつほど烈しい抜き挿しを繰り返す。

「あっ、あん……あっ、あっ、あっ、あ……！」

もうくたくたな筈なのに最奥をつつかれると、せつない声が洩れてしまう。

隘路を解すように掻き混ぜられるのも好いが、粘ついた音が聞こえるのが恥ずかしい。

思わずきゅうぅっとセインの指を締めつけると、溢れた愛蜜が糸を引いてシーツにたれていくのもわかって、フィオラは全身を染め上げて甘い声をあげ続けた。

そのせいか、セインはフィオラから溢れる猥りがましい音に、煽られているようだった。

「フィオラ……フィオラ……そんなに気持ちいいのか？」

「あんん……もちぃぃの……して、もっとしてぇ……！」

淫らな願いを口にすると、脚の柔らかな部分に、熱く奮ったセインの楔が触れた。

「ぁ……」

その火傷しそうなほどの熱が、これから隘路を満たし、フィオラを絶頂に導くのかと思うだけで媚壁がセインの指をもっと奥まで誘い込むように蠢いてしまう。

「堪らないな……」

苦笑を浮かべたセインは、そう言うと一度だけ中をぐるりと掻き混ぜてから指を引き抜き、フィオラの腰を掴んだ。

「あ……」

繋がる形に抱き直され、フィオラも受け容れるように息を逃していると、蜜口にセインの熱を押しつけられた。

もちろん一気に押し入ってくるような真似はせずに、セインはフィオラの呼吸に合わせてゆっくりと押し入ってきた。

「う、ん……っ……」

散々解されてはいたが、この時ばかりはいつになっても慣れなくて、張り出した先端が入り込んでくると、せつない感覚が胸へ迫り上がってくる。

しかしそれは決していやな感覚ではなく、セインで満たされる悦びが、胸を焦がしているのだと思う。

「フィオラ……フィオラ？　大丈夫か……？」

「ええ、お願い、このまま……」

自分を満たしてほしいとは言えなかったが、セインには伝わったようだった。

腰が浮くほど抱き直されて、さらに深くまでセインが入り込んでくる。

それを感じるだけで四肢が甘く痺れて、腰の奥からも甘い疼きが湧き上がってきた。

そっと見上げると、息を凝らしていたセインもフィオラを凝視めていて、ふと微笑みかけてくれる。

そうして乱れた髪を直してくれたかと思うと、頬にチュッとキスをしてずくずくと突き上げてきた。

「あっ、あぁん……あっ、あ……！」

最奥を張り出した先端で擦られる度に、身体が甘く蕩けてしまいそうになる。

なにかに縋っていなければ、すぐにでも達してしまいそうで、フィオラはシーツの上で手を彷徨《さまよ》わせ、羽根枕の端を握りしめた。

その間もセインはゆったりとした抜き挿しを繰り出し、フィオラの上で気持ちよさそうに息を弾ませていた。

「あん、セイン……」

自分で気持ちよくなっているかと思えば、愛おしさが込み上げてきた。

それが身体にも伝わったようで、媚壁がせつなくセインに絡みつき、もっと奥へと誘おうとする。

「すごいな……持って行かれそうだ……」

「んっ……あ、あぁ、あっ……あ……」

堪らないとばかりに、肌を打つ音がするほどの烈しい抜き挿しをされて、そのあまりの気持ちよさに、フィオラは背を弓形に仰け反らせた。

するとよりいっそう繋がりが深くなり、中にいるセインを実感してしまって——。

「あぁん、セイン……」

「……気持ちいいか？」

「……もちぃぃ……あん、あっ……セインでいっぱいなの……」
隘路を満たしているセインが、びくびくっと反応する。
それがまた気持ちよくて、フィオラが身体を絞るように捻《ひね》ると、セインは息を凝らして
フィオラの腰を抱き直し、ずくずくと烈しく突き上げてきた。
「あっ、あぁ、あん、あっ……！」
最奥を突き上げられる度に、頭の中が真っ白になるほどの快感が襲ってきて、フィオラ
は縋っていた枕をさらにギュッと握りしめた。
その間もセインはフィオラの乳房が上下に揺れるほど烈しく穿ち、息を弾ませている。
「あぁっ、セイン……」
間近でセインの息遣いを感じるだけでも嬉しくて、フィオラも積極的に腰へ脚を絡め、
セインに縋りついた。
するとセインは、情欲に潤んだアメジストの瞳でフィオラを凝視めて薄く微笑み、熱に
火照った頬をべろりと舐めては、快感で潤んだ涙を舐め取ってくる。
「んう……」
ざらりとした舌に舐められるだけでも感じてしまい、中にいるセインをひくひくと締め
つけると、セインはまた息を凝らしてゆったりと穿ち始めた。

「あっ、あぁん……あっ、あっ、あ……」

「気持ちよさそうだな。フィオラが気持ちいいとオレも……ッ……」

気持ちいい、と耳許で囁かれ、フィオラもさらに気持ちよくなってしまった。

思わずセインの肩に爪を立て、腰に絡ませた脚をさらに強く絡めると、もっとずっと気持ちよくなれて——。

「あんん……んっ、あ……セイン、セイン……」

「あぁ……」

甘い感覚が強くなってきて、セインの名を呼べば、心得ているとばかりに頷いたセインは、フィオラを抱きしめながら腰を烈しくグラインドさせた。

「あ、あぁん、あ、は……」

セインの動きについていくように、フィオラもここ数日ですっかり覚えた腰使いで、より深い快感を得た。

同じリズムを刻むだけで、ひとつになれる瞬間が堪らなく好くて、フィオラはセインの肩に必死で摑まってその時を待った。

そうして徐々に身体が高まっていき、胸の鼓動もひとつになるほどの一体感が訪れた。

「フィオラ……ッ……」

「あん、ぁ……セイン、セイン……！」

セインもこの瞬間が堪らなく好いようで、息を凝らしながらもフィオラを呼ぶ。

もちろんフィオラもそれに応えて名を呼ぶと、中にいるセインがびくびくっと反応して、絶頂が近い事を伝えてくる。

それからはもう言葉もなく律動を繰り返したが、言葉はなくとも心が繋がっているのがわかり、フィオラはこれ以上ないほど幸せな気分になれた。

身体も甘く蕩けて、媚壁がセインをもっと奥へと誘おうとする。

「……ッ……」

それにはさすがのセインもひとたまりもなかったようで、弾む息を凝らしたかと思うと、さらに烈しく穿ってきた。

「あぁん、もう……セイン、私もう……！」

「あぁ……」

わかっていると頷いたセインは、フィオラの腰を抱き直し、ずちゅくちゅと猥りがましい音をたてて抜き挿しを速くした。

出て行く時の擦れる感覚と、入ってくる時の捏ねる感じが好い。

そして媚壁を掻き分けるように進んできたセインが、最奥をついた瞬間、身体が浮き上がるほどの絶頂が訪れて――。

「あぁん……あぁぁぁぁ……！」

セインを何度も何度もせつなく締めつけて、熱い飛沫を搾り取る仕草をすると、セインも堪らず胴震いをして、フィオラの中へ白濁を注ぎ込む。

そうして何度か突き上げて、最後の一滴まで出し尽くすと、セインは息を弾ませながらフィオラに覆い被さってきた。

そしてどちらからともなくキスをして、舌を絡ませ合い、最高に気持ちのよかった交歓の名残を味わい尽くす。

そして息が続かなくなったところで、二人してベッドへ沈み込み、ホッと息をついた。

「……もう、なんで散策してたのに、いきなり寝室へ閉じこもるなんて……」

庭へ散策へ出て、幸せの予兆《よちょう》でもある水色の薔薇を見つけた時は、なにかいい事があると確信したのに、けっきょくいつもと同じようにベッドで過ごす事になるなんて。

だからつい恨みがましく睨んだのに、セインはまったく動じてなくて。

「子供ができないかもしれないと不安がったフィオラの為じゃないか」

「だからって、昼間から不謹慎《ふきんしん》だわ。私、シャワーを浴びて……」

言い切る前に腕を引っぱられたかと思うと、再びベッドへ縫い付けられてしまい、フィオラはいやな胸騒ぎがした。

見上げてみれば、セインがにっこりと微笑んでいる。

その笑顔は胡散臭《うさん》いにもほどがあり、フィオラは隙を衝いてベッドから逃げようとしたのだが、さすがに軍人なだけあった。

フィオラがほんの僅かに身体をずらそうとしただけで、セインはフィオラがどちらに逃げるか察知して、ベッドに再び縫いつけた。

「ちょっ……セイン!?　なに、なにをして……」

「懐妊するほどたっぷり注ぎ込むと言った筈だ。諦めておとなしく抱かれろ」

「やっ……！」

首筋に顔を埋められて、今度は遠慮もなしに、達してもまだ衰《おとろ》えていない楔を一気に挿入されてしまって――。

「いやぁん……！」

「とか言って、フィオラの中は満更でもなさそうだがな」

「んんん……ばか、セインのばかぁ……！」

いくら悪態をついてもセインはどこ吹く風とばかりに、フィオラを穿ち始めた。

たった今、素晴らしい交歓を終えたばかりだというのに、まだまだ余裕なセインの腰使いに、いつしかフィオラも甘い声を洩らした。

するとセインはニヤリと笑い、さらに抜き挿しを速くして――。

「あぁん……あっ、あっ、あ、あぁ……！」

「その調子だ。感じ始めた時のフィオラの声は堪らなくそそる……」

「んんっ……もう、知らない。セインなんて知らないんだから……」

「だが、そんなオレも好きだろう？」

自信満々に断言するセインを見たら呆れてしまって、悔し紛れにフィオラはセインの首に抱きつき首筋に歯を立てた。

「……ッ…」

その瞬間に中にいるセインがびくびくっと反応してさらに嵩を増し、けっきょくはフィオラもそれに煽られて、甘く淫らな声をあげる羽目となった。

「んふ、もう……セインのばかぁ……」

「オレはフィオラを永遠に愛している」

思いがけなく愛の言葉を囁かれ、フィオラは一気に上り詰めそうになってしまった。

しかしそれをグッと堪えて、フィオラは首に抱きつきながら、セインを睨んだ。

「わ、私だって子供の頃からずっと愛しているわ」

負けずに言い返したのだが、それを聞いた瞬間のセインの嬉しそうな笑顔を見た瞬間、ついときめいてしまった。

そしてセインはその喜びを表現するように、フィオラにチュッとくちづけてくる。

「セイン……」

「愛している。一緒に幸せになろうな?」

一緒に幸せになろうと言ってくれる気持ちが嬉しくて、それまでふて腐れていたフィオラも、つい笑顔になってしまった。

「愛しているわ、セイン。誰よりもずっと」

「これからは永遠に一緒だ。もう二度と離さない」

「私も。絶対に離れないわ」

お互いにギュッと抱きしめ合い、素直な気持ちを口にしただけで、心から愛が溢れ出して、溺れてしまいそうなくらいだった。

そうして幸せを噛み締めてお互いに微笑み合い、おでことおでこをくっつけて、至近距離で凝視め合うだけでも幸せになれて――。

なんだかんだ言いつつ、また盛り上がってしまい、セインがアニーナに宣言したとおり、二人はしばらく寝室にこもったのだった。

終　章　永久に咲く青い薔薇

庭先へ出て青い薔薇を摘んでいたフィオラは、その馨しい香りに微笑んだ。

咲き頃の薔薇を選んでは、セインと暮らす宮殿のリビングに飾る薔薇を摘んでいると、外廊下から女官達の華やかな声が聞こえてきた。

きっと王宮の中庭で青の大天使が陣頭指揮を執って、軍隊が訓練を行っているのだろう。

その中にはきっとセインの姿もある筈で、その凛々しい姿を思い浮かべては、フィオラはぱんぱんに膨らんだおなかを撫でた。

すると返事をするように、おなかの中から元気に蹴ってくる振動が伝わってきて、フィオラはふんわりと微笑む。

（もうそろそろかしら……？）

去年セインと心を通わせてから、そろそろ十月十日となる。

蜜月のあの日、セインと庭を散策し、幸せの予兆でもある水色の薔薇を見つけた時。

寝室へこもって、もうたくさんだというほど愛し合った時に、本当に懐妊したのだった。

その頃から体調がおもわしくないと思っていたのだが、まさか本当に懐妊するとは思いもしなかった。

それでも宮廷医に診断してもらい、太鼓判を押された時には本当に嬉しかった。

セインも必ず懐妊させると宣言していたものの、懐妊した事を告げると、フィオラと同じように驚いていたが、やはり同じようにとても喜んでくれた。

さっそく青の大天使に報告をして、王宮から花火を打ち上げ、フィオラが懐妊した事を国民にも報告する騒ぎとなって――。

やはり国民もフィオラの懐妊を心待ちにしていたようで、その日は町中がお祭り騒ぎだったと青の大天使から報告を受けて、まだ薄いおなかに宿った命を、それはもう大切にしようと心に決めたものだった。

しかし妊娠初期は、つわりが酷くてフィオラはすっかり痩せてしまった。

普段の食事の匂いを嗅ぐだけでも気分が悪くなってしまい、薔薇のソルベと野菜とフルーツ、それにマシュールだけしか受けつけない身体になってしまって。

おかげでセインや青の大天使が心配していたが、そこは宮殿の女官達が心強かった。アニーナや料理長が食事を工夫してくれたおかげで、普段の食事でも小分けにして食べれば気分が悪くなる事もなくなり、妊娠初期を乗り越える事ができたのだった。

それからは拍子抜けするくらい順調で、おなかが日に日に大きくなってきて、フィオラは得意のレース編みで、生まれてくる我が子の為の靴下や手袋を編んで、穏やかな日々を過ごした。

そしてある日、おなかの子が元気に蹴ってきた時、ちょうどセインも一緒にいて、蹴ってくる振動を感じて二人して大いに喜んだ。

その頃にはすっかり母の自覚が芽生え、アニーナに出産の心得を聞いても、動じる事もなく心構えができて今に至るのだが――。

心構えができたフィオラとは正反対に、セインのほうが落ち着きなく、フィオラが普段どおりの生活をしていても、大袈裟なくらい騒ぐのだ。

急に産気づくかもしれないから、一人で庭を散策するのは禁止だと言う始末で。

それにそれだけではなく、浴室の大理石は滑るからと、滑りにくい床に貼り替えたり、何気なく高い所や低い所の物を取ろうとするだけで、慌てて駆けつけてきたりするのだ。

そのくらい大切に扱われているのだという事はわかるが、心配するにもほどがある。

アニーナが言うには、男性とは愛する人が身籠もるだけで、おろおろするものだと、寛容に笑っていたが、ランディーヌ王国の最高責任者がそんな調子でいいのだろうか？

「まぁ、いいわ。それより早く戻らないと」

セインの言いつけを聞かずに一人で庭で薔薇を摘んでいたフィオラは、いつ産まれてもおかしくないほど張っているおなかをさすりつつ、青い薔薇を手に宮殿へ戻ろうとしたのだが――。

「こら、供をつけずに一人で庭へ出て……なにかあったらどうするつもりなんだ」

「あ、セイン。おかえりなさい、ずいぶん早いのね」

お小言は聞いていない素振りでにっこりと微笑んでみせたが、目を眇めたセインにおでこを指で弾かれてしまった。

「痛いっ。もう、庭へ少し出るだけでお供をつけるなんて大袈裟だわ」

「しかしもう臨月じゃないか。大事に越した事はないだろう」

正論ではあるが、やはり大袈裟すぎるセインに、つい噴き出してしまった。

確かに出産ともなれば、病気ではないが母子共に命を懸けた大仕事だ。

だからセインが心配する気持ちもわかって、本当に大切に想われている事を実感した。

「わかりました。もう部屋に戻りますから、そんなに心配しないで」

「ならばオレが薔薇を持とう」

「どうもありがとう」

セインに薔薇を預けると、当たり前のように肩を抱かれた。

そしてセインはフィオラの歩く速度に合わせて、のんびりと歩いてくれる。

そこまで大切に想われていると思えば、もっと自分を大切にしなければと心を改めたその時だった。

「……っ…」

「どうした？」

下腹がきゅうぅっと痛くなり、セインに答える事もできずにその場に立ち止まった。

しかし自分の身体の中を探るように様子を見ていると、すぐに痛みは治まった。

「おい、フィオラ？　大丈夫か？」

「え、えぇ……けれど、陣痛が始まったみたい」

「なんだと!?　大丈夫か？」

セインの慌てようときたら尋常ではなくて、フィオラは逆に落ち着いた。

「まだ大丈夫よ。始まったばかりですもの。寝室へ行くわ」

「歩けるのか？　抱いていってやろうか？」

「今は痛くないから大丈夫よ」

「そんなものなのか？」

普段と変わりなく微笑んだが、セインは少し動揺しているようだった。

「そんなに心配しないで。元気な赤ちゃんを産むって約束するわ」

「あぁ、だがフィオラも必ず無事に戻ってくるんだぞ」

「約束するわ」

「絶対だぞ。あぁ、そこの。フィオラに陣痛が始まった。急いでアニーナと宮廷医を呼んできてくれ」

廊下を歩いていた女官を呼び止めて、フィオラのお産が始まった事を告げる姿は、落ち着き払っているように見えるが、相当焦っているのだろう。

セインは部屋へ戻るなり、フィオラを手伝ってベッドへと寝かせると、辺りを歩きまわり始めた。

「セインってば、少し落ち着いて」

「オレは落ち着いている」

そう言うワリに、辺りをうろうろする事をやめないセインにフィオラは苦笑した。

「セイン、こちらへ来て」

「うん？」

両手を広げて待っていると、セインがベッドへ腰掛けた。

それを待って首に抱きつくと、フィオラからチュッとキスをした。

「私と生まれてくる赤ちゃんの事を信じて待っていてね？」

「……わかった」

にっこりと微笑むと、セインはようやく腹が据わったようだった。

フィオラの髪を撫でて頬を包み込み、その手をそっと下ろしてフィオラの手を取ると、手の甲にチュッと熱烈なキスをしてくれた。

「失礼します、フィオラ様。陣痛が始まったのですって？」

「ええ、アニーナ。それにみんなもよろしくね」

アニーナは宮廷医と女官達を引き連れてやって来ると、セインに向かって一礼した。

「ここからは私が責任を持ってフィオラ様とお子様を取り上げますので、セイン総統は別室でお待ちください」

有無も言わさぬ様子でにっこりと微笑んだアニーナは、セインを寝室から追い出し、それからフィオラに向かって頷いた。

「さぁ、フィオラ様。大仕事ですわよ、一緒にがんばりましょうね」

「ええ、元気な赤ちゃんを産むわ」

「その意気ですわ。さぁ、みんな準備をして！」

アニーナは手を叩いて他の女官達にテキパキと指示を出し、自らも率先して働き始めた。

「ほっほ、お産の時はやはり女官のほうが頼もしいですな。顔色も良いですし、私も別室で控えております。呼ばれない事を願っておりますよ」

「ええ、できればそう願いたいわ」

万が一に備えて宮廷医も控《ひか》えているが、お産の場は女の仕事とばかりに女官達が張り切っている姿を見て、宮廷医は穏やかに微笑んで退室した。

「ぁ……っ…」

それからほどなくして二度目の陣痛が訪れて、フィオラはベッドに横になり、陣痛が去るのを待った。

「しっかりなさって、フィオラ様。このアニーナがついております」

「……ええ、とても頼もしいわ……」

苦しいながらも微笑むと、アニーナは腰をさすりながらも、安心させるように微笑む。

「さぁ、大仕事の始まりですよ！」

アニーナの声に励まされ、フィオラはさらなる痛みに堪える覚悟を決めたのだった。

◇◇◇

「おい、セイン。歩きまわらないで、とりあえず座れよ」

「はは、その前に自分の顔を鏡で見てこいよ。壮絶な顔をしているぞ」

「お茶が入った。まずこれを飲め」

セインと宮廷医以外の男性は基本的に宮殿入りは禁止だが、セインが特別に青の大天使を別室へ呼んだ。

しかし自分で呼んでおきながら、セインは早くも後悔していた。

昔から苦楽を共にして、これからもこの国を一緒に背負う気の置けない仲間だが、その気楽な様子を見ているだけでイライラしてしまい、ソファにどっかりと座り込んだ。

（フィオラ……どうか無事でいてくれ）

心の中で呟いて深いため息をつき、今まさにお産の苦しみに耐えているフィオラを想う。

産みの苦しみは、男では耐えられないほどの大変な痛みだと聞いた事がある。

あのか弱いフィオラがそんな痛みの中、我が子を産んでいるのかと思うだけで、胸が張り裂けそうなほど痛む。

できる事なら代わってやりたいが、これぱかりはどうしようもなく、カイユが淹れたお茶を飲んで刻々と過ぎていく時間をどのくらい待っただろうか──。

遠くから元気な赤ん坊の泣き声が聞こえてきて、セインは思わず席を立った。

「生まれたみたいだな」

「さて、第一子は王子か王女か……」

「どちらにしてもめでたいな。セイン、おい、セイン?」

ローレンスに肩を叩かれて、ハッと我に返ったセインは、再びソファに沈み込んだ。

王子でも王女でも、フィオラと子供が元気なら、それでいい。

宮廷医が呼ばれないところを見ると大丈夫そうだが、女官の報告を今か今かと待っていると、扉をノックする音と共に、若い女官が姿を現した。

「失礼いたします。たった今、お生まれになりました」

「うん。声が聞こえたからわかってる」

ミケーレがにっこりと微笑むと、若い女官は頬を染めつつも、アニーナに言いつけられたらしい仕事を全うしようと、居住まいを正した。

「セイン総統、おめでとうございます。立派な王子がお生まれになりました。もちろんフィオラ様もお元気です。お支度が調いましたので、どうぞいらしてください」

「あぁ、ご苦労だった」

女官へ鷹揚《おうよう》に声をかけるので背一杯だったものの、なんとか総統としての威厳は保った。

しかし扉が閉まった途端にセインはソファへ沈み込み、長い息をつく。

「王子か……」

まだ見ていないせいか、呟いてみても実感は湧かなかったが、青の大天使がそれぞれ肩を叩いてくるのを黙って受け止めた。

「世継ぎが生まれて良かったな」

「平和な時代の寵児《ちょうじ》の誕生だ」

「王子が生まれた事を国民に伝えてくる」

カイユが席を立ち、退室してからほどなくして、花火があがる音が響いた。

王子なら青い花火、王女ならピンクの花火が上がると、前もって告知しておいたので、今頃、民衆も王子が生まれた事を喜んでくれている事だろう。

しかしそんな事よりも、フィオラと我が子に早く会いたくて、この時ばかりは総統としての威厳などあったものではなく、寝室へととび込んだ。

するとそこには、ひと仕事終えたフィオラと、生まれたばかりの赤ん坊がガーゼとレースのショールに包まれて、ベッドに横になっていた。

「セイン、私、頑張ったわ」

「あぁ、よく耐えてくれた」

労をねぎらうように手の甲へチュッとキスをして、頬にも優しくキスをすると、フィオラはくすぐったそうにしていたが、とても嬉しそうに微笑んでいる。

その笑みはまるで聖母のようでもあり、フィオラがさらに愛おしくなった。

「ねぇ、セイン？　よく見て。私にそっくりなハニーブロンドなの」

フィオラは見た事もないほど優しい笑みを浮かべて、まだ産毛の王子の頬にくちづける。

産湯を浴びて気持ちよかったのか、うとうとしていたが、目をうっすらと開くと自分と同じアメジストの瞳をしていた。

「髪はフィオラと同じで、瞳はオレと同じだな」

「ええ、きっとみんなに愛される王子になるわ」

さっそく親ばかぶりを発揮するフィオラに苦笑して、セインも生まれたばかりの大切な我が子の頬にキスをした。

「さっそく名前を決めないと」

「あぁ、そうだな。なにかいい名前を考えないとな」

「候補がいっぱいありすぎて悩んじゃうわ」

嬉しい悩みに微笑み合い、セインはフィオラの口唇へそっとくちづけた。

もう産みの苦しみなど忘れたように、嬉しそうに微笑むフィオラと大切な我が子を包み込み、セインは感慨《かんがい》深げに目を細めた。

一度は家族を失って荒れた時期もあったが、自棄にならずフィオラの為に生きる道を選んで、本当に良かった。

フィオラの伴侶を選ぶ、半年毎に行われていた舞踏会では、フィオラを堂々と抱きしめる事ができる貴族の子息に嫉妬を覚えたものだった。

ジョセフとの縁談が持ち上がった時はもっと最悪で、フィオラへの恋心を永遠に封印する覚悟もしたが、フィオラが断ってくれて心からホッとした。

だからといって自分からフィオラへ歩み寄る事はできなくて、鬱々とした日々を送っていたが、フィランダがちょっかいをかけてくれたおかげで、結果的にフィオラを永遠の伴侶にできたのは、奇跡だ。

そうして孤独だった自分が家族と呼べる存在を、心から愛するフィオラとまた築く事ができて、泣きたくなるほど嬉しかった。

「……セイン？　どうかしたの？」

「いや、フィオラを守る為とはいえ、かなり強引に国を統治する計画を進めたが、生まれた王子を見て、すべてが報われた気分になった」

「これもすべて神様の思し召しね」

「あぁ、そうかもな」

微笑むフィオラが身体を預けてくると、青い薔薇の香りがふわりと漂ってきて、セインはそれに誘われるように、口唇へそっとキスをした。

「フィオラ、愛している」

「私もよ、セイン。心から愛しているわ」

なんの躊躇いもなく応えるフィオラが、嬉しそうにふんわりと微笑む。

幼い頃から嬉しい時に浮かべる、セインが一番好きな笑顔で。

そしてセインも昔と同じ笑顔を取り戻したように、心からの笑顔を浮かべた。

するとそれを見たフィオラが優しく目を細めて、青い瞳を潤ませた。

「二人で……いや、三人でこの国を平和な国へ導こう」

「ええ、この子には平和な時代を」

フィオラが呟いた言葉は、二人にとっての心からの願いだった。

そうして平和の象徴になる王子を凝視めて微笑み合い、二人はいつ終わるとも知れないキスを続けたのだった。

あとがき

今回の作品を書くにあたって、最初はコーヒーをガバガバ飲んでいたのですが……。コーヒーを飲み尽くし、次に紅茶に手を出したもののあっという間に飲み尽くし、今まさに家にある緑茶を飲み尽くしそうな勢いでお送りしております。

といっても、祖母の実家がお茶農園なので、緑茶はまだまだストックがあるから、きっと大丈夫、な筈！（笑）。

あぁ、あとエナジードリンク系も、今回は手を出してみました。

しか～し！　どのエナジードリンクも甘い上にカフェイン含有量《がんゆうりょう》がそれほどでもないので、すぐにやめてしまいました。

そしてラストの方は、栄養剤がないとＰＣの前で寝てしまう特技を発揮してしまい、毎日飲んでなんとか書き上げたこの作品、気に入っていただけましたでしょうか？

ドキドキしながらお送りしますので、どうぞよろしくお願い致します！

今回の作品を執筆中はいろいろと……本当にいろいろと私的な方面でありまして、ある意味、忘れられない作品になりました。

そんな中、美麗なイラストを描いてくださった、すがはらりゅう先生にはとても感謝しております～！

ラフをいただいた時、セインのあまりのかっこよさと、フィオラのほわほわした可愛さに、テンションＭＡＸ！　になりました（笑）。

本当に素敵なイラストで、作品のイメージを膨らませてくださいまして、どうもありがとうございました！

それから、担当者様にはご心労をおかけする事となりまして、大変申し訳ございません。休日も早朝も深夜もなにもあったものではなく、なにかある度に連絡してすみません。でも、担当者様の的確なアドバイスのおかげで、作品を書き上げられました！

本当にどうもありがとうございます！

そしてアホな誤字脱字をチェックしてくださった校正者様、素敵なデザインに仕上げてくださったデザイナー様にもお礼申し上げます！

そしてそして、ここまで読んでくださったあなたに最大の感謝をいたします！

この本を手に取ってくださって、本当にどうもありがとうございます。

作品世界に浸って、少しでも幸せになってもらえましたら、沢城《さわき》も幸せです。

ではでは、またお会いできましたら！

沢城利穂《りほ》

薔薇《ばら》の淫愛《いんあい》

ティアラ文庫をお買いあげいただき、ありがとうございます。
この作品を読んでのご意見·ご感想をお待ちしております。

✦ ファンレターの宛先 ✦
〒102-0072　東京都千代田区飯田橋3-3-1
プランタン出版　ティアラ文庫編集部気付
沢城利穂先生係／すがはらりゅう先生係

ティアラ文庫WEBサイト
http://www.tiarabunko.jp/

著者——沢城利穂（さわき りほ）
挿絵——すがはらりゅう
発行——プランタン出版
発売——フランス書院
〒102-0072　東京都千代田区飯田橋3-3-1
電話（営業）03-5226-5744
（編集）03-5226-5742
印刷——誠宏印刷
製本——若林製本工場

ISBN978-4-8296-6663-0 C0193
© RIHO SAWAKI,RYUU SUGAHARA Printed in Japan.
本書のコピー、スキャン、デジタル化等の無断複製は著作権法上での例外を除き禁じられています。
本書を代行業者等の第三者に依頼してスキャンやデジタル化することは、
たとえ個人や家庭内での利用であっても著作権法上認められておりません。
落丁·乱丁本は当社営業部宛にお送りください。お取替えいたします。
定価·発行日はカバーに表示してあります。

ティアラ文庫

Tia6576

♥ 好評発売中! ♥

ティアラ文庫

Tia6590

♥ 好評発売中! ♥

ティアラ文庫

Tia6597

♥ 好評発売中! ♥

ティアラ文庫

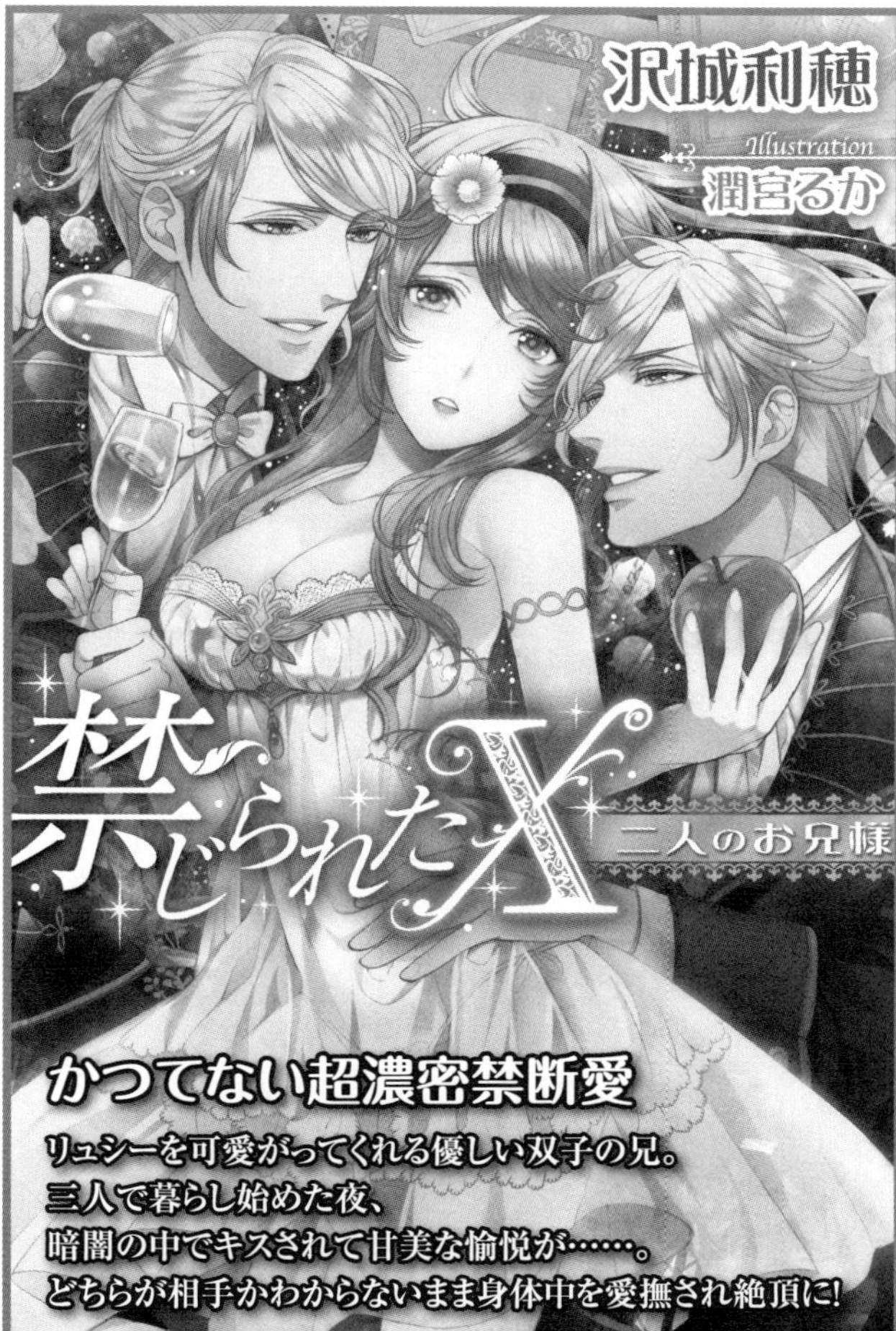

Tia6623

♥ 好評発売中! ♥

ティアラ文庫

Tia6645

♥ 好評発売中! ♥